THE SURVEY OF POETS

Novel 1
Keiji Matsumoto
Selection
7 / 9

Koshisha

詩人調査

目次

装丁　前田晃伸
写真　小山泰介

詩人調査

あるゴダール伝

pro-logue ／零章

僕は一昨年、大きな詩の賞をもらった。萩原朔太郎賞というやつだ。松本圭二という詩人を知っているか。たぶん、誰も知らないだろう。知らなくていい。僕は人知れずこつこつと詩を書き、自費出版に近いような作り方で詩集を作ってきた無名詩人の一人だ。福岡在住だから、地方詩人でもある。今までどんな小さな賞にも縁がなかった。それがいきなり大きな賞——まあ幸運な巡り合わせだったのだろう——に輝いたわけだ。輝いたというのは大袈裟かも知れないが、取材を受けたり、ＴＶに出たりして、僕にとっては初体験の連続で、冷や汗で額がテカテカする程度には輝いていたように思う。とても嬉しかったが、できればこんな中年のおっさんになってしまう前に、もっと小さな賞でいいから、二〇代か、せめて三〇代のうちに何か貰いたかったというのが正直な感想だ。僕は二〇代の半ばに第一詩集を出した。大きな賞をもらったのは第四詩集で、四一歳だった。だいたい五年に一冊のペースで詩集を作ってきた計算になる。詩集製作にはまとまったお金が必要だから、作るたびに借金をしてきたのだった。五年に一冊作るのがやっとだった。

さて、詩の賞にはたいてい贈呈式というのがあって、場合によっては受賞記念講演みたいなイベントが組み込まれていたりする。僕が貰った賞もそういうことになっていて、副賞の一〇〇万円（！）を受け取りに行くだけではダメなのだった。何か喋らないといけない。これは困った。というのも、僕は人前で喋るのが大の苦手だ。ふだん僕は、映画フィルムの保存という仕事をしていて、暗い場所に一人で隠《こも》ってる。「今日は誰とも話をしなかった」なんて日もざらだ。人間よりも物が好きなタイプなのだ。一度だけ人前で喋ってみたことがあるが――なんと現代詩セミナーだ――何を喋っているのかわからなくなって途中でやめてしまった。パニックというやつだ。そういう経験があったので、受賞記念講演には入念な準備をしておこうと考えた。それで、台本のようなものを用意しようと思ったのだった。

どんな話をすればいいのか。ずいぶん悩んだ。僕は詩を書いてはいるが、研究してきたわけではない。だから難しい話や立派な話はできない。だからと言って、今の現代詩はあだこうだと文句を言って――まあ言いたいことは山程あるわけだが――会場を凍り付かせるのもどうかと。結局、自分のことを話すしかないように思われたのだが、いかんせん松本圭二だ。十中八九「おまえ誰？」の世界だ。これを読んでいる人もそう思っているのではないか。それで自分のことを話すのはやめにした。その代わり、権田類さんのことを話すことにしたのだった。

「権田類さんって誰？」

僕がむかし、いろんな意味でお世話になった人だ。もちろん誰も知らないだろう。でもどうせ誰も知らないのであれば、自分のことを恥ずかしそうに喋るよりも、僕がたいへん影響を受けた人のことについて喋るほうがきっと上手く行く、パニックにならずに済む、そう思ったのだった。それで書いたのが「あるゴダール伝」という台本だ。それは講演のための覚書のような書き物だった。よってここに再録するにあたっては、かなりの加筆と手直しをしている。この小説——ぜんぜん小説になっていないと編集者からは言われたのだが——は「僕は」で始まる。この「僕」は松本圭二のことだ。「松本圭二なんて誰も知りませんよ」と編集者が言うので、それもそうだと思い、こんな導入部を置いてみた次第だ。主人公はあくまで権田類さんなのだが、だからといって語り手が何者なのかわからないようでは話にならないらしい。詩人の松本圭二について知りたければネットで検索してみてくれたまえ。

第一章　「五号室」

僕は大学一年のときに現代詩のゼミに参加した。理由は、そのゼミの講師H氏——有名な詩人だった——の名前を映像作家として知っていたからだ。ほかの授業はおよそ二ヶ月足らずでまったく出なくなったが、H先生のゼミだけは半年ほど出た。正確には四ヶ月ちょっとか。H先生が作った映画を時々観せてくれたからだ。日記風の個人映画だった。ジャンルとしては実験映画に入るようだが、どこが実験なのか僕にはわからなかった。でも新鮮だった。郷里では実験映画なんて観たくても観れなかったからだ。

江村六郎さんとはそこで出会った。

彼は大学院生で、映写の手伝いをしていた。僕は八ミリ・フィルムしか知らなかったので、一六ミリ・フィルムを見て、まずそれに憧れた。ああ触りたいと思った。そして、映写をしている江村さんをカッコ良く思うようになった。見た目は礼儀正しくて嫌味のない秀才という感じなのだが、江村さんの特徴はなんといってもその巨大な眼鏡だ。いったいあんな眼鏡をどこで見つけたのだろうか。銀色の四角いフレームが、冗談かと思うほど大きいのだ。しかもそいつが妙に似合っているのである。そしてチビだった。たぶん、一五五センチぐらい。

僕は教室では誰とも話をしなかったが――「誰も話し掛けてくるな！」という強烈なバリアを張っていたと思う――江村さんとは少し言葉を交わすようになった。それはロラン・バルトのおかげだ。その頃、ロラン・バルトの邦訳本が次々と刊行されていて、ちょっとしたブームだった。僕はバルトの『明るい部屋』という本を授業前にペラペラ捲っていた。写真関係の本だと思って買ったのだった。「記号論」なんてぜんぜん知らなかった。表紙が銀色で、一目でそれとわかる装幀だったから、現代思想がフィールドの江村さんとしては気になったのだろう。「『エッフェル塔』はもう読みましたか？」と話しかけてきたのだった。

「古本屋で探しているんだけど」なんて嘘を僕はついた。

「あれは絶対読むべきです。詩集だと思って」

とかなんとか、まあそんな話がきっかけで、それからはゼミで映画のある時には江村さんとバルト話をするようになった。僕は「へー」っと思いながら聞いているだけだったけれども。それから、バルト話のほかに三重県話もするようになった。なんと同県人だったのだ。僕は四日市市出身。江村さんは松阪市出身だった。近いようで実は遠いのだが、三重県は三重県だ。「なあんだ」という感じになって、一気にうち解けたのだった。うち解けてしまうと、江村さんはもうただの小男にしか見えなくて……。

というのも一六ミリ・フィルムの映写がまた「なあんだ」という代物で、実は簡易式の映写機にするっと通すだけなのだ。あとは機械が勝手にやってくれる。重い映写機を運んだり教室にセッティングしたりするのが面倒なので、それをH先生から江村さんが請け負っていたのだった。大学院でフランス文学を研究しているという彼が、なぜ一年生向けの現代詩ゼミで映写の手伝いなどをしていたのか。それは謎。謎というか、そんなことはいちいち聞いたりしなかった。

僕は江村さんを通じて、自主映画の製作と何らかの関わりが持てることをどこかで期待していたように思う。そういうことがやりたいのであれば、映画サークルに入ればいい。それだけのことなのだが、あの頃の僕はそれができなかった。したくなかった。憧れの対象に自分からニヤニヤしながら接近するなんて嫌だ。映画製作の世界には、運命に導かれるように入っていくべきだと考えていたのだ。江村さんにそれを期待していたのだったが、残念。期待外れ。彼は現代思想の文脈で映画や現代詩を語るだけの人だった。僕は鈍い反応しかできなかった。鈍い反応を繰り返しているうちに、僕は自分がアホに思えてくるし、その反動で江村さんはどんどんチビになっていくのだった。

ゼミの夏休みの課題は創作詩だった。僕はアホらしいなあ——だって詩は書きたい時に書きたい人が勝手に書くべきものじゃないの？——と思いつつも適当に詩を書いて提出した。そして夏休み明けからはゼミに出なくなった。映画をやる回数が減ってきていたし——さすがにネタが尽きてきたのだろう——実験映画というのは、僕には結局ピンと来なかったからだ。現代詩はもっとピンと来なかった。これで大学の授業は全滅。

もともと大学には何も期待していなかった。東京で一人暮らしを始めるための口実に過ぎなかったのだ。上京したのは一九八五年。僕は一九歳——一浪してます——だった。時代はバブル全盛期を迎えようとしていた。東京は世界で一番の映画都市に変貌しつつあった。僕は郷里にいたころ、名古屋までは根性で映画を観に行ってたけれども、そんな程度ではぜんぜん満足できなかった。「今、この時代に東京にいない」ということは、もうそれだけで人生の半分を棄てているようなものだ。映画を観るためになんとしても上京する。それが、少しもヘンだとは思わなかった。

ところがだ、いざ上京してみるとどうだ。映画館はお洒落スポットになっているではないか。「マリ・クレール」とかいう女性雑誌を読んでいるような上流階級っぽい女たちがリッチな男を奴隷にして、六本木や日比谷の映画館でビクトル・エリセとか観て、その後は高級レストランで……。だめだこれは。せっかく東京にきたのに、おっかなくて一人では映画館にも入れない。僕はべつにキンキラキンのディスコに行ってみたいとか、テニス・サークルに入って軽井沢に合宿に行きたいとか夢見ていたわけではない。そんな連中は映画なんて間違っても観に行かないだろうと思っていた。でも東京はそんな連中こそを映画館に招待していたのである。アート系映画の大衆化ってこういうことなのか。違うだろ。

——確かにあの時代は誰も彼もがアートに血迷っていた。僕はそう思う。やっぱりお金が余っていたのだ。誰が買うのかと思うようなアート系の洋書や現代音楽の輸入盤が、百貨店の地下で平気で売られていた時代なのだ。気取った連中がそれを買っていた。読みもしない本や、一度捲ればそれきりの画集や、聴きもしないCDを。人々はそれを「セゾン文化」と呼んだ。「セゾン」というのは、鉄道、流通、金融、土地開発などを手掛ける大手企業の流通部門のグループ名だ。僕に言わせれば糞のような文化だった。そのかたわらで詩集も売られていたわけだが……。

ちょっと脱線してしまった。

本筋に戻ろう。

さて、僕は映画のほかにもう一つの上京の目的があった。それは小説を書くことだった。そんなに映画が好きなら、小説家なんて言わずに映画監督を目指せばいいじゃないか。人はそう思うだろう。僕だってそう思わないではなかった。でも無理。めんどくさい。なにより友達を作るのがめんどくさい。映画は一人では作れないから友達が必要だ。もうその段階で無理。

「友達なんかいらないんだ、そんなめんどくさいものは」

それが一九歳の僕の心理状態だった。

とにかく小説を書く。そのためには一人暮らしの環境を何としてもゲットしなくてはならなかった。郷里で親兄弟と暮らしている限り絶対に書けない。それは高校時代に経験済みだった。「おうケイジ、犬の散歩行ってこい」とか、「おう釣り竿貸してくれい」とか、とにかく邪魔が入るのだ。集中できない。ものを書くには誰にも邪魔されない閉域が必要だ。その願いが、僕にとっては強迫観念のようになっていた。

その頃、僕はスティーブン・キングの圧倒的な影響下にあった。スタンリー・キューブリックの映画『シャイニング』を観たのがきっかけだが、その原作本を読んで打ちのめされたのだった。このモダン・ホラーが、オカルトに題材を借りつつも実は苦悩する小説家の追い詰められた精神状態を描いた作品であることは、高校生の僕にでもわかった。主人公の父親は、執筆に専念するために、あえて人里離れた冬季休業中ホテルの管理人になる。ところがちっとも集中できない。邪魔をする連中がいるせいだ。妻と息子である。

「あいつらぶっ殺す！」

この感覚はすごく共感できた。

僕が借りたアパートも一種の隔離状態にあった。アパートは西武新宿線の中井駅の近くにあった。「つくし館」二〇三号だ。六畳一間で、トイレと炊事場は共同だった。もちろん風呂なしだ。家賃は当時で二万円ちょっとだったと思う。木造の民家を改装した築三〇年ぐらいのアパートで、外付けの階段を上がった二階部分が貸部屋になっていたわけだが、借りていたのは僕だけだった。一階は大家のお婆さんの居住スペース。ただしお婆さんは長期療養中で、管理は仲介業者がやっていた。廃墟に住んでいるようなイメージだが、僕にとってはもう理想的だ。鬱陶しい東京で、こんな静かな部屋が偶然見つかるなんて運命としか思えなかった。

「大学なんて行かなくていいですよ」

「さあ、あなたはここで思う存分小説を書いてください」

そんな声が聴こえていた。

一人暮らしを始めれば、なんとなく小説が書ける気でいた。どんな小説を書くつもりだったのか。もちろんモダン・ホラーだった。小さな村に原因不明の奇病が蔓延するという設定。僕はその奇病の描写に「四日市ぜんそく」を借用していた。僕が小学生の頃（一九七〇年代後半）はまだ、「四日市ぜんそく」に認定された友人が周りに何人もいたのだ。彼らの発作の凄まじさ、苦しさを僕は知っている。キャンプの夜、修学旅行の夜、発作は突然起きた。僕の友人——半魚というあだ名の——はプロペラの付いた吸引式の投薬器を持参しており、その小さな吸引口にしがみつくようにして薬を吸い込んでいた。プロペラが冗談のように回った。僕は怖かった。そして、無性に腹が立ったのだった。せっかくの楽しい夜を台無しにされたから？　それもあっただろう。だがそれ以上に、何かとんでもない暴力を突き付けられているような思いがしたからだ。僕は蒲団のなかで何度も「ちくしょう」とつぶやいていた。

さて、小説だが、その病気に感染すると、必ず死に至るのだ。小さな村はパニックになるが、誰も逃げ出すことができない。奇病の拡散を防ぐために、住民の移動が禁じられたからだ。住民たちはただ死を待つしかない。ただし、それでもこっそり逃亡を謀る若い衆たちはいた。主人公S（一〇歳）の兄X（一七歳）もその一人だった。しかし彼らが無事逃亡できたのか、あるいは当局に保護されたのか、さっぱりわからないのだった。兄Xからは連絡がない。当局からも何ら情報が聞きだせない。逃亡した連中はみんな行方不明状態になっているのだった。どうしようもない絶望感が村を包み込む頃、ついに少年Sにも奇病が発症してしまう。なす術もなく看病を続ける両親。おぞましい死へと急速に近付いていく少年S。だがある日を境に、少年Sは快方へと向い始めたのだった。そんなバカな。致死率一〇〇％ではなかったのか。治療法もなく、痛み止めの点滴を打つ以外はただ呆然と見守っていただけだというのに……。

そうして少年Sはあっけなく完治したのだった。Sが完治すると、同様の事態が村全体に広がった。体力のない幼児や高齢者までは無理だったが、それ以外の患者は、奇跡のように治ってしまったのである。そして新たに発症する者はいなくなった。因果関係は不明だが、とにかく奇病騒動は収まったのだ。逃亡者たちはその後も行方不明のままだったが……。移動が許されると、待ってましたとばかりに住民の多くはこの村から出ていった。呪われた村を見捨てたのだ。少年Sの家族も例外ではなかった。以上が、当時の僕が書こうとしていた小説のプロローグである。

ここからが本編。

少年Sは以前とは見違えるように活発な少年となる。そしてすくすく成長する。決して大食漢ではないのに身長の伸びが止まらない。両親はそれを喜んでいた。性格も明るくなった。その一方でやたらと気性が激しくなり、ちょっとしたことで友人を殴ってしまい問題になることが多々あったのだが、そこは男の子だ、うじうじしているよりよっぽどマシだと両親は思った。しかし……。身長の伸びが止まらない。中学校を卒業する頃には二メートルに届きそうだった。高校生になっても背は伸び続けた。二メートル三〇センチを越えた辺りで、両親はさすがに不安を感じた。これはちょっとおかしいのではないか。嫌がるSを説得して、病院で精密検査を受けさせた。特に異状なし。とりあえず成長を抑えるためのホルモン注射を続けることになった。それでも背が伸びる。二メートル五〇センチを越えた頃、Sは高校を中退した。自分が大きすぎるからだ。それに、気が付けば大声で吠えて怒り狂っている自分――何に怒っているのかも覚えていない――が怖くなったのだった。自分をコントロールできない。これはもう洒落にもならない。外を出歩くこともできなくなった。Sは自宅に隠れてひっそりと暮らしていた。それでも背は伸び続けた。そしてついに三メートルを越えてしまった。

Sは自殺を試みた。でも大きすぎて未遂。そこで、実は巨人化してしまったのが自分だけではないことを親に告げられる。かつてあの村で例の奇病にかかり、Sと同様に奇跡的に恢復した子供たちの何人かが、やはり巨人化しているというのである。村は消滅してみんなバラバラになっていたが、親しかった人々とはいまだに連絡を取り合う仲だった。困り果てた両親が「実は」とその一人に打ち明けたところ、「やっぱり。実はうちも」という答えが返ってきたのだという。Mくんも P子ちゃんも、W太郎やB助も、巨人化してしまって、自宅に隠れ住んでいるのだった。それを知ったSは……。

――構想が壮大すぎた。邪魔さえ入らなければすぐに書けるはずだと僕は思っていたのだが、それがなかなか書けない。「それを知ったS」はどうするのか。巨人化した仲間たちとどうすれば出会えるのか。なんせ三メートル以上もあるのだ。そんな化け物が街に出たらすぐに見つかってしまうし、パニックになるだろう。仮に出会えたとして、Sたちは何をするつもりなのか。何をさせたらいいか。僕は着想が浮かぶまでボーッとしていた。ああ浮かんだと思って書きはじめると、それが続かない。どうして続かないのか。邪魔が入るからだろう。へんな電波が飛んでくる。たぶん大学が邪魔をしているのだ。そう考えた僕は大学の授業を一つ一つ潰していって、最後に残った現代詩のゼミも潰した。九月からはもう何からも邪魔されない。そう思って、アパートの一室に完全に隠っていた。

それでもぜんぜん書けなかった。だんだんアホらしくなってきた。巨人たちの復讐劇なんて……。一晩中起きていた。朝を待って寝た。太陽を拒絶したかった。午後遅くに起きて、外に出て、古本屋をハシゴして、喫茶店で古本を読んでいるとだいたい夜になる。ラーメンを食べると部屋に帰る時間だ。さあ小説を書かねばならない。もう巨人小説は棄ててまったく違うやつを。天才的なやつを。なんとしても……。

それが書けない。考えてばっかり。ああ朝が来た。そんな不毛な生活を続けていることに罪悪感があった。「おまえはこんなことをしていていいのか！」と誰かから言われているような気がしていた。神経が圧迫されていたのだ。大学も棄てたのに、それでも書けないのなら、僕はもともと何も書けない人間だったのではないか……。ものすごく焦っていた。僕のなかでは九月が勝負の月だったのだ。だらだらやっていても仕方ない。とにかく〆切りを設定して、自分なりの出口を見出したかった。性急すぎたのだ。上京してたった半年で、出口なんて見つかるはずがない。今ならそう思うが、あの頃は、もう後には引けないという思いで僕はアップアップだった。神経が滅入って、「あああもうダメだあ」と腐りはじめた頃、江村さんから電話をもらった。九月の終り頃だったと思う。どこでどう電話番号を調べたのか。ゼミに出てこないので心配になったと言う。

「ゼミに来ないのは別に構いませんが、君は大学には来ているのですか」

「何かサークル活動はしているのですか」

「友達はいるのですか」

ぜんぶNOだ。

「ゼンノーっす」と僕は言って、クッシッシと卑屈に笑った。笑うしかなかった。

「授業に出てたら作家になれるんですか？」

「やっぱ書かないかんでしょう」

「課題の詩を書いてみたときに、こんなことやってる場合じゃないと思ったんすよ」

実感だった。そんな優雅なことをやってる場合じゃない。ゼミの成績なんて知るか。単位取得のために詩を書くなんてまっぴらだ。江村さんは「君が何を書きたいのかは知りませんが、私は同郷の後輩を見殺しにするわけにはいきません」と言った。「見殺し」という言葉が微妙に心に突き刺さった。彼には何もかもお見通しなのだ。「典型的」なんだってさ。「おまえみたいなやつはこの大学の文学部に腐るほどいて」「みんなダメになっていく」んだってさ。

「一度、顔を見せなさい」と江村さんは言った。

「ゼミには行きませんよ、僕は」

「では別の場所で会いましょう。よければ私の友人たちを紹介します」

「いや、いいです僕は」

「まあそう言わずに。みんな作家を目指している連中です。君にはいい刺激になると思いますよ」

翌日の夕方、僕は江村さんの誘いに乗って学生会館の五号室に顔を出してみた。人に会うなんて煩わしいばかりだったのに、どうして顔を出す気になったのか。たまたまその夕方はそういう気分だったと言うしかない。べつに映画を観に行ってもよかったのだ。もしあの時、江村さんの誘いを無視していたらどうだったろう。病気になっていた？　それはあり得る。死んでいた？　それもあり得るだろう。小説家としてデビューできた？　それはあり得ないだろう。小説家になることを諦めてとりあえず二年目から大学に復帰していた？　それもあり得なかったような気がするが、わからない。

学生会館は大学正門の斜め向いにある灰色の建物で、僕には大学以上に無縁な場所だった。病院のようだ、と僕は思っていた。実際、病人のような連中が出入りしていた。学生運動みたいなことを未だにやっているような連中だ。僕は彼らのことをまったく理解できなかったし、今でも彼らがあの時代にあの場所で何をやっていたのかわからない。五号室は「フランス文学研究会」（以下、「仏文研」）の占有スペースだった。扉にジャンヌ・ダルクを演じる女優の顔を拡大コピーしたポスターが貼ってあった。カール・ドライヤーの『裁かるるジャンヌ』だ。その顔が、「この扉を開けるにはそれなりの覚悟がいるぞ」と脅しているようだった。「ケッ、何を気取ってやがるんだ」と思って、僕は五号室の扉を開けた。

＊

五号室はつぶれた喫茶店みたいな雰囲気だった。僕は大きな会議机とパイプ椅子しかない殺伐とした空間をイメージしていたが、ぜんぜん違っていた。大きさや形の違う椅子がいくつもあった。社長の椅子風なのもあれば、食堂の丸椅子みたいなのもあった。ベンチもあった。ソファーもあったし、喫茶店のテーブルみたいなのが幾つか――これもそれぞれ種類が違う――あって、コンビニの前で見かけるような据え置きの灰皿が三つか四つ雑然と置かれていた。多分、ぜんぶ盗んできたか、拾ってきたのだろう。ロッカーとか本棚とか戸棚の類いは何一つなかった。ＴＶもない。冷蔵庫はあったかも知れない。とにかくバラバラの椅子と机と灰皿だけ。喫茶店というより無人駅の待ち合い室と言った方が近いかも知れない。

「おお来たか来たか」と江村さん。

最初に紹介されたのが権田類さんだった。権田さんは社長風の椅子に座ってくるくる回っていた。その次が権田さんの恋人の鳥飼文子さん。彼女はアンティック風の椅子にニッコニコしながら座っていた。そして屋久利人さん。屋久さんはソファーを占領して寝転がっていた。江村さんはバーのカウンターにあるような背の高い椅子に座って、やっぱりくるくる回っていた。僕は遠慮してベンチに座った。権田さんが四年生で、文子さんと屋久さん――この人が仏文研の代表です――は三年生だった。「待ってました」という感じで彼らは僕を迎え入れた。江村さんが根回しをしていたのだ。彼らは五人目の「ルーキー」を待っていたというわけだ。でも本当に五人目が必要だったのか。

「結局ね、アシスタントが欲しかったのよ」と文子さんが教えてくれた。もちろん最初に会った時ではなくて、ずっと後になってから。

「ほら、あの人たちって実務能力がないじゃない。ロクさんだって、ああ見えてめんどくさがりだから。結局ね、みんな私に雑用を押し付けようとしていたのよ。なんとなく雰囲気でわかったの。結局ね、女性だから。わたしもう嫌だからねってロクさんに言ったのよ。そしたらね、結局ね……」

「結局ね」というのが文子さんの口癖だった。

僕をアシスタントにして江村さんたちは何をやろうとしていたのか。江村さん流に言えば「リトルマガジン」だ。ようするに同人誌。でも江村さんとしては同人誌とは言いたくなかったのだろう。そこがなんとも切ない。とにかく彼ら四人は五号室をアジトにして、江村さんが中心になって、現代詩の同人誌を作ろうとしていた。

「君も参加しなさい」と。

ああ。

ちょっと待ってほしい。一九八五年に現代詩の同人誌なんてあり得るのか。それじゃ学生運動みたいなことをやっている連中と同じじゃないか。学生会館のなかは二〇年ぐらい時間が止まっているのか。そう言えば、五号室の雰囲気も相当アナクロな感じがするし、彼らの風貌もちょっと変だ。

「おまえ、現代詩なんて馬鹿にしているだろ?」と権田さんが言った。

長髪に無精髭。青い顔の下に痩身。そしてするどい眼光。いかにも七〇年代の詩人といった風貌だ。松田優作に似ていなくもない。しかし残念なことに背が低かった。江村さんほどではないが、それでも小男の部類だった。松田優作を貧相な文学青年にした感じか。これでサングラスをしていたら僕はかなり引いてしまったかも知れない。

「だからいいんじゃないの」と文子さんが言った。

目が気持ち悪いほど大きくて、ショート・カットの髪の毛先がクルリンとしていた。「コケティッシュ」という言葉が顔面に貼り付いているような女性だった。アンナ・カリーナの物真似をしているアングラ女優という感じだ。すごく色が白くて、見た感じではフランス人っぽいのだが、彼女も小柄だった。江村さんよりも小さい。「ペコちゃん」並みだ、たぶん。

「ふて腐れながら書いたって感じ、わたしは面白かったわ」

「あっそう。まあ好きにしろよ」と権田さん。

江村さんは大きく頷き、屋久さんは黙っていた。僕が夏休みの課題で書いた詩を彼らは読んでいたのだった。江村さんが読ませたのだ。権田さんは僕の参加に反対していたらしい。「リトルマガジン」のレベルが下がると。でも反対したのは権田さんだけ。「ルーキーがいた方が面白くなるはずです」という江村さんの言葉に、文子さんも屋久さんもなんとなく同意したという感じだったようだ。僕は文子さんから「面白かった」と言われたのが素直に嬉しかった。初めてだった。書いたものを褒められたのは。それが詩だというのが、ちょっとひっかかったが。

江村さんの構想はこうだ。現代詩なんて誰だって恥ずかしい。読む方だって恥ずかしいはず。だからパロディーをやろうと。江村さんはポストモダン思想と映画に両足を取られているような人だったから、ヌーベルヴァーグがやりたかったのだ。現代詩でヌーベルヴァーグのパロディーをする。それが唯一のコンセプトだった。ゴダールは権田さん。それはすでに承認済みになっていた。本当はみんなゴダールがやりたいのだろうが、当時権田さんは商業雑誌「ポエリカ」投稿欄（しょぼい話ですみません）の常連で、実績が違うのだった。権田さんの存在があればこそ、江村さんは詩の同人誌を主宰したいと考えたのだった。それに、「みんな作家を目指している連中です」という江村さんの言葉も嘘で、本気で詩人になりたいと思っているのは権田類さんだけなのだ。他の三人は、べつに詩人を目指していたわけではないし、詩人以外の何かを目指している感じでもなかった。高級なのか低級なのかはわからないが、「これは遊びなんだ」と割り切ってやっているようだった。

さて、文子さんはアンナ・カリーナもしくはアンヌ・ヴィアゼムスキーと好意的に言いたいところだが、マスコット的に扱われるのは抵抗があるようで、本人はトリュフォーのつもりなのだった。ふざけんなという話だが、そこは作家主義だからしょうがない。それに文子さんはトリュフォーの『突然炎のごとく』が大好きなのだ。江村さんは、一番の年長でもあるし、面倒見もいいのでロメールがピッタリだ。優等生のお兄さん役を意識的に演じているような感じ。紳士然としているが、こっそり女子高生のスカートの中を盗撮しているようなロリコンタイプ——痴漢容疑で捕まった某有名大学教授と雰囲気がそっくりで、僕には印象が被って困ってしまう——だ。無口な屋久さんはリヴェット。政経学部だから頭は一番いいのだろう。何を考えているのか判らないけれども、会話の中ではボソッと決定的な一言を呟く感じ。身長は平均的——一七〇センチそこそこか——で見た目はワイルドだが、不潔な印象がするので女性からはモテないタイプだ。調子が悪い時の浅野忠信をもっと汚らしくした感じか。僕はその四人を見て「ダメだこれは」と思った。「ちびっ子クラブ」かよ——かく言う僕も身長は一六五センチしかないのだが、それでも屋久さんに次いでナンバー2なのだった——と。そして見るからにして「マイナーであるしかない人たち」という印象だった。しかも彼らは、この時代に現代詩の同人誌をやろうとしているのだ。

ヌーベルヴァーグのパロディーってどうなんだろうか。それってかっこいいのだろうか。むしろかっこ悪いのではないか。そう思ったのだが、彼らのかっこ悪さをバカにすることなんて僕にはできなかった。むしろ共感した。かっこ悪くてホッとした。例えばゴダールの『パッション』を六本木まで観に行って、場違いな自分に惨めな思いをするなんてことが、あの時代にはあったのだ。つまり「セゾン文化」から映画を奪還するというモチーフが少なくとも江村さんにはあったと思う。僕はそこに共感したのだ。それに二年生がいなくて、一年生が僕一人だけというのも「選ばれました」という感じがしてちょっと優越感。まあ参加してみるのも悪くはない。どうせヒマなのだ。とは言え、青臭い山猿みたいな僕など——凄まじい劣等感がありました——が参加していいのか。参加するとしたら僕はいったい誰をやればいいのか。


「ユスターシュでしょう。彼は」と江村さんが言った。

「アパートにろう城してたわけだからさ」

「それいいね」と文子さん。

で、僕はユスターシュをやることになった。

ユスターシュというのはヌーベルヴァーグ第二世代の映画監督で、やたらと暗い映画ばかり撮って、自殺したやつだった。その映画は日本では滅多に紹介されなかった。僕も名前だけ知っているだけで、どんな顔かも知らなかったし、当時はむろんその映画も観たことがなかった。たぶん江村さんたちも観ていなかったはずだ。未知の存在を僕に託そうとしたのだと勝手に思い込むしかなかった。詩の同人誌なんて僕にはまったくピンと来なかったけれど、とにかく江村さんの恩情を無下にするわけにもいかないし、とにかく五号室まで来てしまったわけだし、とにかくユスターシュ役を振り当てられてしまったのだし、とにかく……。

＊

それからの一年足らずが、僕の大学生活の総てだったと言える。それがなかったら、何もない。楽しい思い出なんて一つもなかっただろう。彼らと過ごした濃密な時間は――嫌なことやがっかりすることも含めて――ほんとに楽しかった。文子さんが可愛い。この人がいなかったら、もう汚らしいだけの思い出になっていたかも知れない。彼女は天然ボケの人だった。そのボケを江村さんと権田さんが両サイドで突っ込む。それを屋久さん恥ずかし気に受け流す。絶妙の呼吸だった。例えばこんな調子だ。

「パリゾーニって詩も書いてるんだって。知ってた？」と文子さん。

「パリ風の雑煮をリヴェットって言いますね」と江村さん。

「リゾットだろ、クッだらねえ」とゴンさん。

「罵詈雑言だナモニョモニョ」と屋久さん。

まあちょっとした例えですよ。

さて、彼らは架空の版元を立ち上げようとしていた。それが「すずめ書房」だ。この命名は文子さんの発案だった。権田さんは「みみず書房」で対抗した。僕も「みみず派」だったが、最後は「すずめ派」に押し切られた。と言うか、べつにどっちでもよかった。「すずめ書房」で作る同人誌の名前は「コンクリート作戦」だ。それは江村さんの発案で、早くから決まっていたし、すでに製作中だった。もうこれしかないという命名だ。「コンクリート作戦」というのはゴダールの処女作の題名である。

『Opération béton』

僕はその映画をずっと経ってから観ることができた。大学を中退して、映画字幕製作の仕事を始めて間もないころだ。ようするにダム建設の記録映画。実家が土建屋で、小さい頃から造成工事の現場をうんざりするほど見てきた——遊び場だった——僕にとっては馴染みのある風景に過ぎず、退屈な映画だった。

詩誌「コンクリート作戦」は一二月に刊行された。それは手作り風のチンケな同人誌ではなかった。活版印刷の小洒落た冊子だ。詩集や同人誌の製作では定評のある小出版社に依頼したのだった。編集長は屋久利人さんになっていたが、出版社とのやりとりはほとんど江村さんが仕切った。製作費は二〇万程度かかったのではないか。僕は出資を免除された。一人五万の計算だが、実質は江村さんが半分程度を負担したはずである。

僕は下手な詩を一篇——「つくし館」という題名で、自宅アパートの非バブル的外観をひたすら言葉で描写しただけ——と、ブロッサム・ディアリーに関する小論を大急ぎで書いた。ブロッサム・ディアリーというのはカマトト声で囁くように歌う女性ジャズ・シンガーで、チェット・ベイカーの女性版という感じ。僕はブロッサム・ディアリーが大好きだったので、その歌い方に潜む「媚び」や「ひ弱さ」を肯定的に論じたいと考えたのだった。これは正直に言うと文子さんを意識して書いたものだ。もう一度文子さんが褒めてくれるのを期待していた。結果は、まったくの無反応だった。誰からも何も言われなかった。たぶん、困った散文だったのだ。おそらく、文子さんへの「媚び」が露骨にわかってしまう文章だったと思うのだ。ブロッサム・ディアリーを論じつつ、鳥飼文子さんを礼賛しているような感じか。かなり恥知らずな文章だったかも知れない。ともあれ、その二つ、「つくし館」と「ブロッサム・ディアリー論」が、僕が公に発表した最初の作品(?)になった。

江村さんと屋久さんは詩を書かなかった。ずるいなあと思った。そんなのありかよと。だったら僕だって無理に詩を書くことなんてなかった。でも二、三週間で小説が書けたとも思えないし、まあ仕方ないのだ。江村さんはヴィム・ヴェンダースについて長い論考を書いていた。ちょうど『パリ、テキサス』が公開された年で、ヴェンダースはシネフィルたちのちょっとしたヒーローだったのだ。僕は「ほら、なんだっけ、あのダース・ベイダーみたいな名前の監督」などと言って、思いっきりバカにされた記憶がある。屋久さんは近代詩人の尾形亀之助に関する覚書のような文章を寄せていた。僕はその詩人の名前さえ知らなかった。「おまえみたいなやつだよ」と屋久さんが言うので、文庫版の亀之助詩集を買って読んでみたら素晴らしい。戦時下で徹底的に「厭世」を貫いた詩人だった。その「厭世」の身振りは、病的怠惰と紙一重だ。それ以来、亀之助は大好きな詩人になった。

権田さんと文子さんは詩だけで勝負していた。権田さんの長篇詩はアレン・ギンズバーグの「鉄の馬」みたいだと思った。僕は日本の詩はバカにしていたのに、海外の詩はちょこちょこ読んでいたのだった。文子さんの小詩集は硬質な言葉だけで書かれていて、明らかに吉岡実――すみません、日本の現代詩も少しは読んでいました――の影響下で書いているのだったが、なかなか上手な感じがした。ようするに読んでいて恥ずかしくなるような感じはなかった。それらがどの程度のレベルなのかはさっぱりわからなかったが。

さて、「コンクリート作戦」の巻頭には同人による座談会が置かれた。それを読めば、このグループのリーダーが江村さんであることがよくわかる。だが主役はやっぱり権田さんで、その独善的な態度には辟易とするものの、彼には人を圧倒する存在感があった。「これをありきたりなリトルマガジンと思ってもらっては困る」みたいなことを権田さんは声高に強調していた。じゃあどう違うのか。それを説明するのは江村さん。とにかくパロディーなのだと。でも現代詩のリトルマガジン――たとえば「凶区」、たとえば「麒麟」――のパロディーではない。自分たちはここを単に発表の場と考えているわけではない。運動の場なのだと。批評の場であり、とりわけ実践の場であり、嘘でもいいから日本の現代詩のモデルチェンジを歴史的に問う場なのだと。ゆえに自分たちが理想とするのは、ある時代の「カイエ・デュ・シネマ」誌を再現するのではなくて、嘘でもいいからヌーベルヴァーグそのものを生き直してみせることなのだと。

「嘘でもいいから」が江村さんの口癖だった。僕は一時期「嘘でもいいから」の影響をすごく受けた。「嘘でもいいから」と頭に付けるだけで、何をするにしても「遊びでやってますよ」的な言い訳ができるのだった。これは便利な言葉だ。「嘘でもいいから小説を書いていています」「嘘でもいいから東京で一人暮らしをしています」「嘘でもいいから一週間ぐらい風呂に入ってません」「嘘でもいいから生きています」等々。僕は「嘘でもいいから」という題名の小説を書いてみようとさえ思ったほどだ。

さて、座談会では今後の展開についても言及されていた。それは権田さんの第一詩集を「すずめ書房」で刊行するという計画だった。ヌーベルヴァーグに倣って、同人が共同出資する形式で製作するのだ。それを叢書の第一弾とし、以後も同様に共同出資による詩集をシリーズ化していくのだと。

「詩集に限る必要はないモニョ」と屋久さんが発言し、「いや、あえて詩集で勝負すべきだよ」とゴンさんが主張した。

「結局ね、翻訳詩はどう?」と文子さん。

「それも認めない。そんなことは卒論でやってくれよ」

「あくまで現代詩に特化すべきだと私も思います。嘘でもいいから、あえてね。そう、あえてという態度にこそ過剰な攻撃性が宿るはずです」と江村さんはゴンさんを擁護した。でも江村さんは「コンクリート作戦」には詩を出さなかったわけで、そのへんもよくわからない。座談会の時は書くつもりでいたけども、結局書けなかったのかも知れない。

座談会には僕は参加していない。僕が五号室を訪れる以前に実施済みだったからだ。とにかく「コンクリート作戦」も権田さんの第一詩集も、僕とは無関係に計画されていたことなのだった。僕が江村さんに誘われて飛び入りした時には、もういろんなことが決定済みで、進行中だったわけだ。残っていたのは架空版元の命名だけで、僕は「みみず書房」を権田さんと二人で推してみたけど「すずめ書房」に押し切られて……。だからアホみたいだけど楽しかったですよ。

権田類さんの第一詩集は『海を見に行け』という題名で、僕が知った時にはすでに製作の最終段階だった。製作は「コンクリート作戦」を依頼した同じ小出版社。僕はすごくいい題名だと思った。一人一〇万円出資していると聞いた。僕はその出資も免除された。関係ないからだ。それがちょっと残念だったので、僕も少し出資させてほしいと江村さんに言った。

「松圭くんはいいですよ。次の〈コンクリート作戦〉から出資してください」

でも四〇万円で詩集ができるのだろうか。僕はわからない。やはり足りない分は江村さんが追加出資していたのではないのか。

「江村さんってお金持ちなんですか？」と僕はこっそり屋久さんに聞いたことがある。屋久さんと二人だけの時に。五号室で。

「バーカ金持ちはゴンタだよ。あいつの実家は凄いらしいからモニョモニョ」

「じゃあ江村さんは？」

「ロクさんはずいぶん無理をしてるんじゃねえかニャーモニョモニョ」

「どうして江村さんは共同出資にこだわるんだろう。だってゴンさんの詩集でしょう。ゴンさん金持ちなんでしょ？　ゴンさんが全部負担すればいいのに」

「バーカそれじゃ普通の自費出版だリョーモニョモ」

「でも実質はそうじゃないですか？」

「違うよ。おめーはぜんぜんわかってニャーモニョモニョモ」

屋久さんは「モニョモニョ」言う。そういう人だ。語尾が恥ずかしそうに崩れる。いい感じの人。僕は屋久さんの「モニョモニョ」が好きだった。ところで、共同出資にこだわる江村さんがお金を負担するのはまあわかる。ゴンさん自身、それからゴンさんの恋人である文子さんが負担するのもわかる。じゃあ屋久さんは？

「俺はゴンタが苦手なんだモニョモニョ。なんとなくわかるモニョ？」

「ええ、はっきりとわかります」

「ゴンタは自分のことにしか興味がねぇモニョ。あいつは俺たちを上手く利用しているつもりかも知れないモニョけど、本当は俺たちがあいつを利用してるんモニョよ。だから俺も一〇万払ったモニョモニョ。ここで俺が降りたらシラけてしまうモニョな。それにだ、ゴンタのことが気に食わないから出資を拒んだなんて思われるのも嫌だモニョな。これはもっと大きなプロジェクトなんだモニョモニョ」

僕には屋久さんが孤立しているように見えていた。そこに好感を持っていたとも言える。だから屋久さんが「俺たち」と言うのにはかなり違和感があった。江村さんと権田さんと文子さんが特別な関係にあるのは雰囲気だけで感じ取ることができた。見事なチビッ子トリオだ。そこには誰も入り込めないような濃密な空気がある。だからいつも屋久さん一人だけが取り残される形になってしまう。それを江村さんは心苦しく思っていたのではないか。それで僕を誘った。屋久さんが孤立しないために。違うだろうか。違ったとしても――文子さんからはアシスタント募集にひっかかっただけだと教えてもらったわけだが――僕はやっぱり屋久さんに一番好感を持ったことだろう。

つねに屋久さんはクールだった。江村さんたちの行動を冷静に見つめていたと思う。権田さんはすぐに調子に乗る。江村さんは権田さんの勢いに引っぱられてしまうところがあるように思う。そして文子さんはいつだってその二人の間をちょこまか行ったり来たりしていた。「じゃあ俺はモニョモニョ」と言って、絶妙なタイミングで中座して、五号室を出ていく時の屋久さんが僕は好きだった。ちょっと淋し気で、決然とした感じもあって、渋い感じがして、べたべたしていない。「ああ亀之助みたいだ……」と、僕は思った。尾形亀之助が実際どんな人だったかは知らないけれど。

＊

権田類さんの第一詩集『海を見に行け』は翌年一月に刊行された。そして商業誌「ポエリカ」三月号の詩書月評で絶讃された。「詩的ラディカリズムの現在がここにある」らしい。権田さんはポカンとしていたが、江村さんは「我が意を得たり」という感じだった。他の雑誌でも取り上げられていたようだが、僕はいちいちチェックしていないので知らない。「ポエリカ」四月号には単独の書評まで掲載された。硬派で知られる詩人が留保をいっぱい付けながらも、詩集『海を見に行け』を支持していた。滅多に若手の詩人を褒めない人が、「九〇年代以降の現代詩の命運を担っている」とまで評したのだ。僕らは舞い上がっていた。それが「すずめ書房」のもっとも幸せな瞬間だったと思う。

同人誌「コンクリート作戦」もその煽りでちょっと話題となった。でもそれらはぜんぶ詩の業界での話。それ以上の広がりはなかった。権田さんの詩集『海を見に行け』はぜんぜん売れなかった。「松圭くんが販売担当」と江村さんに言われた時、僕は出資を免除されているので、ここで一役買わねば許されないような気持ちになっていた。でも何をしていいのかわからない。「何もしなくていいモニョ。あいつらだって売れるとは思っていないモニョモニョ」と屋久さんは言っていた。本当にその通りだった。書店で売っていないのだから売れるはずがない。当時池袋にあった詩書専門店「ぽえむ・ぱろうる」だけが置いてくれたのだった。僕は江村さんに頼まれて一日だけ大手書店を回ってみたが、営業なんてやったことがないし、書籍流通のイロハも知らないからまったく相手にされなかった。「だいたい君たちのような活動をしている人たちは精算にさえ来ないじゃないか。請求書を出せと言っても出さないし。ほんと、困るんだよ」と、ある書店の仕入れ担当者から吐き棄てるように言われた。

『海を見に行け』は学生会館の五号室に運び込まれていた。四〇〇部の詩集の山。そこから一〇〇冊程度を方々に献本した。「一〇〇冊でも少ないぐらいだ」と江村さんは言っていたが、本当にそういうものなのだろうか。「そういうもんだ」ということを、僕は「コンクリート作戦」の献本時にすでに経験済みではあった。アホらしいなあと思った。郵送作業もたいへんだが、切手代もバカにならない。「コンクリート作戦」はほぼ全冊を献本にあてたのではなかったか。なんだ、同人誌というのは私信のようなものかと僕は思った。

面識のない人にも送ることができる私信。詩集もまた、その延長線上にしか存在できないのかも知れない。でも本当にそうなのか。僕は今でも疑問だ。

注文は江村さんの実家（＝架空版元「すずめ書房」の所在地）で受けることになっていた。江村さんの実家は自営業——確か和菓子屋さんだったと思う——をしていたので、都合がよかったのだった。そこの従業員が対応してくれることになっていた。注文があれば東京の江村さんに連絡が来て、五号室で発送作業をするというシステム。発行所が三重県というのも、なんか中央に対するアンチっぽくて、僕らは気に入っていたのだった。その後、どこでどう調べるのかわからないが、「ポエリカ」誌上で評判になったあたりでバタバタっと三〇件ほどの個人注文があった。「ぱろうる」からも追加の注文があった。最初に納品した一〇冊が売れたのだ。追加でもう一〇冊を販売委託した。僕が電車で持っていった。雇われ店主がニヤニヤしていた。そこまでだった。そこで動きが止まった。

結局、計五〇冊が売れた計算になる。刊行案内も出ていない新人の詩集が五〇冊も売れたのだから、詩書業界の常識から言えばこれはスゴイことだ。でもそんな常識を僕たちは誰も知らなかった。本というのは、何もしなくたって普通に二〇〇冊、三〇〇冊程度は売れるものだと思っていたのだ。少部数限定で、短期間に売り切るという感覚だった。

広告を出したらどうか、販売促進のイベントをやったらどうか、僕は販売担当者として提案してはみたが、彼らは一向に乗り気ではなかった。それは彼らの美学に反していたからだと思う。自信があったのだ。むしろ彼らは「コンクリート作戦」第二号の刊行を急いだ。それは詩集『海を見に行け』の特集だった。第二号を刊行すれば、『海を見に行け』もまた動き始めるだろうと期待していたのだ。有名詩人、文芸批評家、小説家や映画監督に書評を依頼した。江村さんは必死だった。でも反応は芳しくない。と言うか、ほとんど無視された。あたりまえだ。ある日、「すずめ書房」とかいうふざけた名前の版元から詩集が送られてきて、自分たちの同人誌のために書評を書いてほしいと言う。「学生がやっている同人誌なので、原稿料は払えませんが」と。そんな泣き落としのような依頼にまともに応えてくれたのはH先生ぐらいで、あとはどうでもいいような（ごめんなさい）二、三の詩人だけだった。江村さんは「せめてコメントだけでも」と再度依頼し直したようだ。甘ったれていた。

今から思えばそう思う。でも江村さんは本当に必死だった。詩集の高評価の背後には、おそらくH先生――詩壇の大御所でした――の強力なプッシュがあったのではないか。それもこれも江村さんの策略だったのだろう。H先生の後押しがなければどうだったか……。しかし権田さんにとっては余計なお世話なのだった。「おれの詩集に手垢をつけやがって」と憤っていた。売れなくても構わない。でも絶対的な評価は得たい。得てしかるべきだ。必ず詩壇を超えて注目されるはずだ。とんでもない詩人が登場したと。百年に一人の天才だと。それが権田さんの期待だった。文子さんもその期待を共有していたと思う。だが、H先生が介在したことで、詩集は詩壇内部の相対的な評価に曝されることになった。それが権田さんは気に食わないのだ。望外の高評価が得られた――江村さんはそう思ったことだろう――というのに、それだけでは不満足なのだった。無頼派を気取りたかったのだろう。あるいは、相対的な評価のなかで埋没してしまうことが怖かったのかも知れない。とにかく権田さんは苛立っていた。江村さんの売り込み方の姑息さや、ちょっとへりくだった感じに、ムカムカしていたのだった。「ガツーンと行け」と。「喧嘩を売るぐらいの勢いでやれよ」と。「人にさせないで自分でやればいいじゃないか」と僕は思ったものだ。

――でも、僕は後年に自分で詩集を作るようになってからは、自分の詩集を自分で売り込んだって足元を見られるばかりで、どれほど惨めかというのを嫌と言うほど味わった。誰かが売り込んでくれるのなら、その誰かに託すのがベターなのだ。あの時の権田さんは、江村さんに託すしかなかった。その期待に、江村さんは応えられなかったわけだ。無理な話だ。権田さんの期待が大きすぎた。「おれは二一世紀のランボーになるんだ」と権田さんはよく口にしていた。そのたびに僕は「あんたゴダールじゃなかったのかよ」と突っ込みたくなった。でも「ゴダール」にしたって大きすぎる名前だ。僕らはみんな「ないものねだり」をしていたのかも知れない。

四月。

僕はもう少し彼らと付き合いたかったので、授業料はもったいないが、そのまま大学に残った。むろん授業に復帰するつもりはなかった。文子さんと屋久さんは四年生になった。権田さんは卒業したが、どこにも就職しなかった。「詩人一本でやっていく」と豪語していた。アホだ。

新入生の勧誘はやらなかった。めんどくさいからだ。代表の屋久さんにもその気はないようだった。それでも五号室には入会希望の新人がちょこちょこやってくるのだった。鬱陶しかった。僕は積極的に追い返した。べつに屋久さんから「追い返せ」と指示されていたわけではない。受け入れようがないからだ。僕には仏文研をやっている感覚はなかった。ここは「すずめ書房」のアジトで、自分たちが五号室を戦略的に占拠しているという認識。まあ思い上がった認識だ。今から思えば、新規参入者を拒むのではなくて、彼らに詩集『海を見に行け』を売り付けるぐらいの根性があっても——僕は販売担当なのだ——よかった。そうしていれば若い権田信者を増やすこともできただろう。五号室も多少は活気付いたのではないか、四月以降、権田さんは五号室に顔を出さなくなっていた。大学卒業のタイミングで五号室から足が遠のくのはまあ自然なことだ。ただ、なんとなく嫌な予感が漂っていた。

五月。

五号室。

ゴールデン・ウィーク明けに、いきなり権田さんが「すずめ書房」から抜けると言ってきた。「ポエリカ」の編集者から声がかかったのだった。映画評を連載するとのこと。「もう学生のお遊びには付き合ってられねえんだ、悪く思うな」と江村さんに言ったらしい。文子さんも抜けた。僕と屋久さんはその報告を江村さんから受けた。

「よりにもよって映画評かヨモニョー」と屋久さんは複雑な顔をして言った。僕も同感だった。映画のことなら江村さんの方が権田さんより一〇〇倍詳しい。屋久さんは五〇倍ぐらい詳しい。僕だって一〇倍は詳しいはずだ。権田さんは勘違いしている。映画評連載なんて小さな仕事じゃないか。少なくとも仲間を見捨てるほどの仕事ではないだろう。僕はそう思ったが、権田さんにとってはどうだったろうか。どんな小さなチャンスだって、なんとかして詩人生活の足掛かりにしたいと考えたのではないか。

「まあしばらく様子を見ましょう」と江村さんは言った。「彼のことですから、また淋しくなって戻ってくるでしょう」と。でも屋久さんの様子が変だった。クールな屋久さんがいつになく憤っていた。どことなく芝居じみていたけれども……。

「付き合ってられないのはこっちの方モニョ。ちょうど良かった。俺もそろそろ本腰で就職活動しないとヤバイと思っていニョモニョ。後のことはロクさんに任せるモニョモニョモニョモニョ」

江村さんが凍り付いてしまった。

僕も凍り付いた。

これはヤバイ。屋久さんの存在が五号室のギリギリの安定剤になっていたのだ。屋久さんは仏文研の代表で「コンクリート作戦」の編集長なのだ。「すずめ書房」の実権は江村さんが握っていたが、いかんせん、ＯＢという立場である。

「じゃあ俺はモニョよ」

屋久さんはそう言うと、あっけなく五号室から出ていった。ここで屋久さんは永久に消える。「すずめ書房」のメンバーは僕と江村さんだけになってしまった。「コンクリート作戦」第二号は頓挫した。ただし権田さんの詩集『海を見に行け』の在庫管理が残っている。僕はその後も五号室に顔を出した。五号室はいつも閑散としていた。僕は人がいた痕跡を求めた。痕跡があっても、それは必ず江村さんのものだった。権田さんや文子さんや屋久さんが五号室に立ち寄った気配はなかった。

＊

梅雨に入ると僕はぜんぜんダメで、また部屋に隠っていた。雨が降ると、「今日は何もしなくてもいいですよ」と、堕落神から「御墨付き」をいただいたような気分になるのだ。部屋に隠って読書をしていた。「すずめ書房」の連中と付き合ったことで、僕は圧倒的に読書量が不足していると実感したのだ。僕はドストエフスキーもプルーストも読んだことがなかった。実は夏目漱石もだ。それで小説を書こうとしていたのだから書けるわけがない。書く前に読むことから徹底的にやり直そうと思ったのだった。

梅雨明けには五号室に行ってみたが、やっぱり閑散としていた。江村さんの痕跡も薄らいでいるような感じがした。もうここはダメだなと思った。江村さんに会えたら「僕も退会します」と言うつもりだったが、すれ違うばかりだったので、仕方なく連絡帳に退会表明を書き残した。数日後に江村さんから電話があって、会うことになった。夕方六時頃だ。僕が五号室に入ると、江村さんは「酒でも飲むか」と言った。考えてみれば、「すずめ書房」の面々で宴会を開くということは一度もなかったと思う。個々にはあったかも知れないが、僕は誘われなかった。だから、江村さんと二人で飲んだのはその夜が最初で最後になった。僕はお酒が嫌いではない。それに自分で言うのも何だが結構強かった。だから、江村さんから誘われた時は、嬉しかったし、望むところだと思った。引き止めるために僕を呼び出したのだろう。酒で懐柔して、僕を説得するつもりなのではないか。でも僕にその手は通用しない。さあ居酒屋へＧＯだ。

「ビールでも買いにいきましょう」と江村さん。

「……」

また五号室かよ。いい加減にしてくれよ。息苦しいよ。でも江村さんはここで飲むつもりなのだった。僕らはコンビニに行って、ビールと焼酎を山のように買った。「さきいか」とかも。さあ用意万全だ。江村さんはビールをちびちび飲みながら、「すずめ書房」

の前史を淡々と語り始めた。

「もともと、仏文研はゴンちゃんが潰してしまったのです。もう何年も前のことですよ。私はすでにOBでしたが、大学院に残っていましたので、その経緯はそれとなく聞いていました。彼が一年生のころです。とにかくへんなヤツが入ってきたと。自分だけは天才だと思っているような人っているでしょう。何の根拠もなく」

僕自身のことを言われているような気がした。そして僕以外にも、たしかにそんなヤツはたくさんいた。でもみんな田舎から気合いを入れて上京してきた連中なのだ。まあ仕方ないよ。そんな勘違いも、ふつうは友達ができるとすぐに消えてしまう。友達を作ろうとしないで部屋に隠っていた僕なんて、江村さんから見れば、無駄な抵抗にしか思えなかったのだろう。

「あの頃の仏文研は、翻訳を試みるグループや読書会をするグループがあって、まあ細々とですが、それなりに活動していたのです。そこにゴンちゃんが乱入してきた。それで引っ掻き回すわけですよ。どうして一年生ごときに引っ掻き回されるのか、私は不思議でなりませんでした。相手にしなければいい。でも相手にしてほしいのです、ゴンちゃんは。だから無視されるとますますエスカレートしてくる。喧嘩腰になる。例えば読書会なら、邦訳本を読んでいる段階で、おまえたちはダメだとゴンちゃんは言うわけです。なぜ原書で読まないのかと。ゴンちゃんだって読めないのにですよ。現代思想の難しい本を読んでいるわけですから、無理ですよ。原書で読みたい人は自分でチャレンジすればいい。それだけのことです。でもゴンちゃんはそれが気に入らないわけです。連絡帳に延々と批判を書く。上級生を名指しで罵倒する。私も一度だけ文子に当時のノートを見せてもらいましたが、ちょっと怖くなる感じです。あれは人を殺す勢いですよ。私は棄てるように言いました。あんなもの、残しておいたら誰かが病気になってしまいます。翻訳グループでもそれは同じでした。歓迎されてもいないのに、顔を出しては引っ掻き回すわけです。なぜ未邦訳のテクストと格闘しないのかと。まあ言われてみればその通りなのですが、しょせん勉強会ですからそんな発想がもともとありません。参照できる邦訳本がないと、答え合わせができませんからね。ゴンちゃんはそこをねちねち攻めるわけです。そして彼らの連絡帳にも脅迫文みたいな批判を書き込んでいました。それでもう、みんな嫌になってしまうわけです。五号室に来るのが」

かくして五号室は狂犬一匹に占拠されたという次第だ。本当にそんなことがありえるのか。狂犬を追い出す方が簡単なように僕には思えるのだが……。

「それは君が今のゴンちゃんしか知らないからですよ。詩がそこそこ認められるようになってから、彼には少し余裕ができました。人の話を聞く余裕がね。でもそれ以前は、本当に手に負えなかったと言いますから。それはそれはしつこい。どうでもいいようなことが全部許せない。彼を批判するどんな小さな発言だって、いつまでもこだわってねちねち反論をしていくのです。そして最後には批判者の人格を全否定するところまで暴走してしまう。理屈と感情が病的にエスカレートして、何もかも大袈裟な話になってしまうのです。怖いですよ。生きるか死ぬか、殺すか殺されるかのレベルで物を言う人間は。だからゴンちゃんを追い出すにはかなりのエネルギーと犠牲者が必要だったと思うのです。自分たちが出ていく方が楽だったのではないでしょうか」

仏文研の実質的な活動は地下に潜ることになる。大学近くの喫茶店やファミリーレストランが五号室の代わりになった。それは学生会館に占有スペースを持たない多くのサークルと同じになったというだけで、彼らにとっては何一つ不自由はなかっただろうし、むしろ陰気な学生会館に集うよりも楽しかったのではないだろうか。

「ヤックンや文子が入った時は、仏文研はすでに崩壊していたようです。上級生は二年生のゴンちゃん一人だけ。そのゴンちゃんが、何もしないわけです。古い体質の仏文研を潰して、何か新しいことをするのかと思ったら、彼にそんな考えはなかった」

「最悪じゃないですか」

「新入生の勧誘なんてまったくしていないわけです。だから興味があって五号室に来た新入生も、ヤックンと文子以外は一人も残らなかった。残るも残らないも、仏文研に入ることができなかったわけですから」

なあんだ、まるで今の五号室そのままではないか。早く言ってくれていたら、僕は絶対に新入生たちを追い返したりしなかった。同じことを無反省に繰り返したって仕方ない。だいたいこの人たちにはわかっていたはずじゃないか。

「屋久さんたちはどうして残ったのかな」

「ずいぶん経ってから、六月頃でしょうか、ゴンちゃんから電話で呼び出しがあったそうです。文子が五号室に行くと、ゴンちゃんとヤックンがいた。入部希望を提出していた新入生を全員呼び出していたようですね。でも五号室に来たのはヤックンと文子の二人だけだった。ゴンちゃんは二人に、後は君たちに任せるからよろしくなと」

「ひでえ……」

「彼はそういう人です」

「屋久さんたち、まだ入学して二ヶ月ですよ」

「そう。だからね、何をしていいのかわからなかったのです。文子に妙な使命感がなければそこで完全消滅ですよ、仏文研は。彼女は根が真面目ですから、自分がなんとかしなくてはと思ったのです」

「屋久さんは？」

「彼は政治思想に興味がある人だから、フランスの現代思想を押さえておきたいというモチーフはあったようだけど、まあ期待外れだったのでしょう。文子はヤックンだけが頼りで、ずいぶん相談はしたようですが、彼は仏文研の存亡に関わる気はなかったようです。

でも五号室には時々来ていたようですから、やっぱり文子に気があったのですよ」

そうかな。僕はそうは思わない。本当に気があるのなら、ふつうは全面的に協力するだろう。協力どころか自分がリーダーシップを取るだろう。屋久さんは引き際を考えていたのだと思う。あの人には引き際の美学がある。文子さんをあっさり裏切るような消え方はしたくなかったのではないか。

「とりあえず登録上はヤックンが仏文研の代表をすることになりました。ゴンちゃんは代表登録さえしていなかったのです。二年生が代表というのもおかしいわけですが、でもヤックンなんて一年生でしょう。ありえないですよね。それで、いったい仏文研はどうなっているのかと、学生会館の自治組織が探りを入れてきたのです。サークル連合会の連中ですよ。学生会館に占有スペースを持つというのも利権ですから、まあいろいろあるのです。サークル連合会としては、彼らの急進的な左翼活動に協力的なサークルを優遇したいわけですから」

サークル連合会は五号室の明け渡しを仏文研に要求してきた。すっかりビビってしまった文子さんが、それを屋久さんにスルーしてしまう。名義上とはいえ代表になっているのだから、屋久さんが対応するしかないと。屋久さんは、本心では「明け渡してしまえばいいではないか」と考えていたようだ。実際に活動などしていないのだし、将来的にもその見込みがないのだから。しかし、まったく抵抗せずに、言われるまま明け渡すのも情けない話だ。それで屋久さんはサークル連合のトップと話をつけて、翌三月までは猶予期間を与えてもらうことにしたのだった。あと半年以上ある。その間に仏文研を立て直すことができるか。

「ヤックンは、文子が仏文研の代表になることを望んでいたと思います。そのために協力したつもりだったと思うのです。でも文子にはそこまでの気はない。じゃあなぜ仏文研の存続に彼女がこだわるのか。ヤックンにはそこがぜんぜん理解できないわけですね」

「僕も理解できないなあ……」

「私は理解できますよ。文子はこの場所が気に入ったのです。ノスタルジーを感じたのだと思います。きみは感じませんでしたか？　かつてこの場所では、フランス文学を巡る活発な議論があった。若い文学者たちによる熱い活動の数々があって、そのなかで何世代にも及ぶ出会いと別れを繰り返してきたのでしょう。その濃密な空気が、残滓のようにここには漂っていた。つまり彼女は遅れてしまったのですよ。間に合わなかった。彼女がここに来た時は、何もかもが終っていた。でも、文子は過ぎてしまった過去を取り戻したかったのではないでしょう。ただ大切にしたいと思ったのではないでしょうか」

ずいぶん優雅な話だ。そして大袈裟すぎる。文子さんには五号室がまるで没落貴族のリヴィングか高等遊民の社交場のように見えていたのかも知れない。僕に言わせれば六〇年代後半の新左翼運動のなれの果てなのだが……。

「ヤックンはジル・ドゥルーズをやろうと文子に持ちかけた。仕方なくですね。嘘でもいいから共通のテーマが必要でしょう。ドゥルーズがダメならベルクソンあたりから始めたらどうかと。文子はそんなの読んでいませんよ。名前さえ知らなかったかも知れません。せいぜい金井美恵子を経てマルグリット・デュラスをちょっと読んでみたという程度ではなかったでしょうか。実質は文庫本のサガンで止まっているような子でした。もう無理だと。その時点でヤックンは完全に降りてしまったようです。もう五号室にも来なくなった」

これで文子さん一人か。キツいな。しかし半年もあればサークル活動を再開するぐらいのことは簡単なように僕には思われた。文子さんが勧誘すれば、あのロリータ的魅力に引っ掛かる男の子なんてたくさんいただろうに。「サガン止まり」の女の子だって他にもいたはずだ。江村さんは「一年生には無理ですよ」と言うが、サークル存亡の危機に直面しているのだから、ふつうはそれぐらいすると思う。

「結局ですね、せっせと勧誘して構成員を増やしたって、やることがないのですよ。何をやっていいのかわからない。これはですね、文子だけの問題ではありませんよ。そういう運命だったのです。歴史的にね。もう私たちには共有すべきテーマなんてない。みんなバラバラでやるしかない。だから、文学研究のサークルなんて成立するはずがなかったのです。歴史的に」

「歴史的に」も江村さんの口癖だった。「嘘でもいいから」「歴史的に」。そして「歴史的現在」も彼の好きな言葉。議論を煙に巻くのに便利な言葉だ。それを言われると、勉強していない者は黙るしかないからだ。卑怯な言葉だ。その「歴史的現在」の帰結として、仏文研なんてのは消滅しても構わないだろうというのが江村さんの認識だった。フランス文学は、江村さんにとってはすでに本業だったのだ。学生どもの趣味の領域からは距離を置いていた。

「私はだから、初めて文子と会った時に、説教したのですよ。とうとう私にまで泣きついてきたわけです。彼女は絶望的な顔をしていました」

「やっぱり、ここで？」

「そう。この五号室に来てほしいと何度も言ってくるのでね。大学に残っているOBでは、私が世代的に一番近かったからね」

「でもゴンさんに追い出された上級生たちがたくさんいるじゃないですか」

「だからね、彼らだってわかっていたのですよ。この時代に、文学研究のサークルなんてやっているのは茶番だと。それをはっきりゴンちゃんに突き付けられたわけでしょう。みんなあっさりと仏文研を見捨てたのです。私もそうでした」

「じゃあゴンさんが正しかったわけですか？」

「そういう意味ではそうですね。ヤックンの態度も私には理解できます、歴史的に」

「それじゃ文子さん絶望的になりますよ。なんでそんなにキツい話になるんですかね。サークル活動なんてお遊びじゃないですか」

「その通りです。遊びです。遊びですから、一度シラケてしまうと、もう馬鹿馬鹿しくてやってられなくなるのです。気の合う仲間だけで喫茶店や居酒屋に集まることができればそっちのほうがいい。五号室なんてどうでもいい。文子はそんな上級生たちに頼ろうとしました。もう一度五号室に帰ってきてほしいと。無理ですよ。もし彼女に、一から仏文研を再建するつもりがあれば違っていたかも知れません。積極的に新人を勧誘してね。でも一年生ですからね。無理なんです。私は説教したのです。仏文研の存続をあなたが担うなんて無理だと。そんなことは誰も望んでいませんと。むしろみんな迷惑に思っているでしょうと」

「そんなこと言ったんですか?」

「言いました。泣いてました。それからね、彼女の行為は、やっぱり五号室という占有スペースを確保するための利権争いのように思えるわけですね。つまり既得権を主張するために私たちを巻き込もうとしていたのです。本人にそんな自覚はないわけですが……」

あああ。それも僕らが今やっていることと同じだ。新規参入を拒んで、五号室に居座って、崩壊寸前の「すずめ書房」を何の展望もなく温存しようとしている……。

「そりゃ泣きますよ。だってもともとゴンさんから頼まれたわけでしょう」

「だからねえ、それはゴンちゃんが悪い。彼がそのまま放り出せばよかったのですよ。文子たちを呼び付けたりしないで。まあでもそんなことを言ってみてもね、まあそういうことになってしまったわけですからねえ。だから私は文子に言ったのですよ。もっと大学生活を楽しむべきだと。だってそうでしょう。入学してすぐに、重い課題を背負わされて、可哀想ですよ。もうそんなものは忘れなさいと。よかったら私と映画でも観に行きませんかと」

「映画ですか？」

「まあ映画ぐらいでしょう、共有できるのは。歴史的に。それがきっかけで私と文子は付き合うことになったわけです」

＊

はあ？

なんだそれ。

どうでもいいけど、ちょっと待てよ。文子さんは権田さんの恋人ではなかったのか。その前に江村さんと付き合っていたということか。なんだそういうことか。あの三人のスペシャルな雰囲気の背後にはいろいろあったわけだ。とにかく江村さんは文子さんをゲットして映画を観まくっていた。六本木とか渋谷や日比谷で。映画のあとで何をしていたのかは知らないが、まあバブル期の女子大生らしい娯楽を文子さんにせっせと提供していたわけだ。ちくしょう。

「ヤックンとは映画館で偶然会うということが何度もありました。文子が彼を紹介してくれたのですよ。彼もまた、五号室のことは忘れたことにして、一人で映画を観ていたわけですね。なかなか好感が持てました」

　そこに突然、権田さんから連絡が来たのだった。

「おまえら何をしているのか！」と。

　さすがだゴンさん、偉いぞ。

「俺がちょっと目を離しているすきに、五号室がからっぽじゃねえかふざけんな！」と。

　文子さん、屋久さん、ビビりまくりだ。

「おまえら五号室に集合」

　文子さん、怖いから「江村さんも一緒に」とお願いしたわけだ。江村さんとしても自分は関係ないとは言えない。そして屋久さんもまた、立場上は仏文研代表のままだったから無視できなかった。かくして、五号室に、のちの「すずめ書房」の面々が集結することになったのだった。

「私はその時、初めてゴンちゃんに会ったのです。二月でした。大雪のせいで休講になっていましたから、学内は閑散としていて、仏文研消滅の日にふさわしいなと私は思ったものです。ゴンちゃんはきっとヤックンと文子を激しく責めるだろうと私は思っていました。あの性格ですから、自分がしたことは棚に上げてね。そして最後は私を責めるだろうと思いました。経緯を説明していけば必ずそうなりますよ。最後は私がゴンちゃんとケリをつけることになるはずでした。私は仏文研の休会と五号室の明け渡しを、ここで合意決定できればいいと考えていたのです。はっきりさせるべき時期でしたから」

ところが江村さんの予想は外れた。権田さんは最初から御機嫌だった。江村さんたちを責めるどころか「ああよく来てくれた」とニッコニコ。大雪に興奮した野犬のようだったと江村さんは言った。

「ボロボロの革ジャンを着ていましたよ。髪が酷くてねえ。パンクと言えばパンクなのですが、立たせた髪がほとんど寝癖にしか見えないわけですよ。もうぐちゃぐちゃで、おそらく自分で短く刈り込んだのでしょう。妙なサングラスもしていました。まあ、ターミネーターの小型版ですね、あれは」

「ターミネーターですか！　ちょっと想像できないなあ」

「まあねえ、そんな格好でニコニコされても気持ち悪いだけなのですが、修羅場をイメージしていましたから、まあ拍子抜けしたといいますか、ホッとしたといいますか。少し遅れて来たヤックンも面喰らっていたと思います。ゴンちゃんのテンションが異様に高いわけですよ。彼はそれが陰気に高まると人を攻撃してしまうのです。でも陽気に高まると人を惹き付けるようなパワーを全身から発します。その日はちょうどそんな感じでした。ゴンちゃんは、いきなり現代詩の同人誌をやろうと言い出したのです」

権田さんは、仏文研を放り出してから何をしていたかというと、詩を書いていた。権田さんは詩人になりたいのだった。詩を書いて、詩の雑誌にせっせと投稿していたのだ。それがようやく採用され、掲載された。「ポエリカ」という詩書業界有数の商業誌に。

「ゴンちゃんは詩人が一番偉いと思っているのですね。小説家や劇作家や、批評家やアカデミシャンよりも詩人が偉い。それは歴史的には正しいのです。彼には原理主義的な性向がありますから、それを文学上で突き詰めていくと《もう詩人しかない！》ということになります。その先には自殺するとか人を殺すといった世界しかありませんから」

「でもね江村さん、僕はそこがわからないんだ。江村さんは、文学にはもう共有できるテーマなんてないんだって言ったよね。みんなバラバラでやるしかないって。現代詩なんてその典型じゃないですか」

「そうですよ。まさに典型です。詩はいつだって無関心に曝されていました。歴史的に。それはしかし、大いなる無関心のなかで格闘してきた歴史でもあるわけです。そして文学はおそらく、その領域に近付いていくのではないでしょうか。つまり社会的に存在することが難しくなる。現代詩のようにね。ゴンちゃんは、私たちが日本の現代詩などに興味がないことなど重々わかっていたと思います。興味がないどころか、私たちは日頃から小馬鹿にしていました。君のようにね。そこを突いてきたわけです。仏文研で他でもない現代詩をやろうじゃないかと」

いきなり権田さんからそんなことを言われて、屋久さん、文子さんは困惑したと思う。でも江村さんだけは鋭く反応したのだった。これは乗ってもいいと。なぜだろうか。実は江村さんが一番ビビっていたのではないかと僕は思うのだ。なんせ権田さんがターミネーターに見えたわけだから。

「大雪のせいかも知れません。現代詩が仏文研崩壊を救うというイメージが、自虐的なゲームのように思えたのです。もちろん救うと言っても、一時的でしかないと思いましたよ。それでもね、ゴンちゃんからようやく生産的なテーマを与えられたわけです。素頓狂なテーマでしたが……」

何だかんだと言っても、結局江村さんは初めて会った権田さんの勢いに引っぱられてしまったのだろう。江村さんが権田さんの提案に興味を示すと、文子さんは同調するしかなかったはずだ。困ったのは屋久さんだ。江村さんは、屋久さんを納得させるために「ヌーベルヴァーグのパロディー」というコンセプトを考案したのだと言った。この自虐的ゲームのビジョンを、屋久さんにも共有できるものとして示したかったのだと。でも本当はどうだろうか。江村さん自身を納得させるためだったのではないだろうか。権田さんにとっては、自分の詩をもっと自由に発表できるメディアが欲しかっただけ、コンセプトなんてどうでもよかったはずだ。

「ゴンちゃんの詩をメインに置けば、一応は詩の同人誌という体裁になりますから、私たちは何を書いてもいいだろうと思いました」

そういうわけで仏文研消滅は免れた。新生仏文研では、およそ一年のあいだに、サークル連合会から支給されるショボイ「活動費」の範囲で薄っぺらな手作り同人誌を五冊作ったという。編集長兼製作進行は屋久さん。ワープロ原稿を切り張りしてコピーして、といった実務作業は文子さんが中心。江村さんと権田さんが「テクスト勝負」に専念するという感じだったという。同人誌の名前はずばり「五号室」だった。

「まあ最初は手探り状態ですよ。限られた条件のなかで、とにかくできることをしなければなりませんからね。こんな活動のどこがヌーベルヴァーグなのかって、ヤックンはずいぶん不満だったみたいです。文子も実務ばかり押し付けられてイライラしていました。でも私は彼らの不満を突き放していました。なぜなら、彼らは間に合わせのものしか書こうとしなかったからです。エッセイとか、読書感想文みたいな書評とかね。どんなに貧弱でも、私たちはメディアを持ったのだし、そこで勝負する気でいたゴンちゃんとは、意識が違いすぎました」

しかし、権田さんにとっても同人誌「五号室」は不満だったのだ。彼は商業誌「ポエリカ」投稿欄の常連になりつつあった。「いつまでもこんなケチっぽい同人誌に書いていられるか！」と屋久さん相手に凄んでいたらしい。

「その頃です。文子が詩を書き始めたのは。文子は、ゴンちゃんにずいぶん影響を受けてしまいました。私も薄々は気付いていたのですが、あの子はゴンちゃんと妙に気が合うのです。歳も近いですから。ゴンちゃんはゴンちゃんで、自分の詩のファンみたいな人が側にいると気持ちがいいでしょうから、文子を可愛がるようになりました。それはもう自然の成り行きで、私にはどうしようもありませんでした」

「屋久さんは？」

「彼はモチーフが見出せないのです。人に流されるのが嫌なタイプでしょう。だけども律儀なところがありますね。裏切りたくない。だから面倒なことに巻き込まれてしまう。巻き込まれてしまった自分を、どうしていいのかわからない。彼が本当は何をやりたかったのか、私は最後までわかりませんでした」

「僕は屋久さんが一番好きでした」

「そうでしょう。松圭くんとヤックンは似ていますよ。ヤックンも君も、言葉を持っていない。インプットするばかりで、アウトプットの手前で戸惑っている。そうではないでしょうか？」

「でも屋久さんの尾形亀之助論はよかったですよ。一番よかった」

「あれも間に合わせですよ。私に言わせれば」

まあね。屋久さんは、亀之助の詩の怠惰な厭世感とそこから来る無力さに、存在感の薄い自分自身を投影してみせただけなのかも知れない。でもね、屋久さんが自分の弱点を見つめようとしていたのは確かだ。江村ごときに「間に合わせ」だなんて僕は言わせない。軽快なロメールよりも鈍重なリヴェットの方が断然偉いのだ、「僕的」には。

「文子はゴンちゃんに惚れてしまった。それはもう明らかでした。たぶん二人だけで会ったりもしていたのでしょう。二人はそれを私に内緒にしようとしていました。私はそれでいいと思ったのです。男二人に女一人という微妙な関係性は、それこそヌーベルヴァーグ的でしょう。まさに『突然炎のごとく』ですよ。私はむしろその関係性を楽しもうと思いました。嫉妬も含めてね。私はディレクターのつもりでいたのです。プレイヤーを降りて。微妙な三角関係のね。でもダメだった。そんな関係性はゴンちゃんには楽しめなかったのです。彼は独占欲の固まりですから。結局、私はディレクターの器じゃなかった」

「文子さんはそれでよかったのかな」

「わかりません。私は自分なりに文子を愛そうとしました。でも退屈だったのでしょう。ゴンちゃんは文子を愛してなんかいませんよ。彼は自分しか愛せない。そんなことは文子にだってわかっているはずなんです。でもゴンちゃんには理解者が必要だった。お母さんのような。その役割を文子が引き受けたのです」

権田さんと文子さんの最強コンビは、チンケな同人誌「五号室」を潰して、活版印刷の本格的なリトルマガジンを作るべきだと江村さんに主張した。同時に、権田さんの第一詩集を仏文研でプロデュースすべきだと。権田さんは「五号室」の残部を勝手に棄ててしまったと言う。「こんなもんはなかったことにしよう」と。やりそうなことだ。編集長の屋久さんはアホらしくてやってられない気分だったと思う。でも江村さんは破局に向って突き進むしかなかったのだ。「同人誌」改め「リトルマガジン」か。なるほどね。

「共同出資というのは、だから投資ではなくて必要経費ですね。あるいは勉強代とも言えるかも知れません。教育にはお金がかかるということですよ。プロジェクトを発展的に持続させるためには、それなりのお金が必要だった。決して容易な金額ではないですよ。回収できないだろうことは、みんな覚悟していたのですから。ヤックンにとっては手切れ金だったのかも知れませんね」

……違うと思うよ。

「江村さんは、こんなプロジェクトが続くなんて思っていましたか？」

「無理ですね。無理ですよ。お金がね。まあどこかにパトロンでもいればなんとかなるかも知れません」

「江村さんはずいぶん追加出資したでしょう？」

「そうですね。これでもプロデューサーのつもりだからね。それはしょうがありません。問題はディレクターの不在ですよ。私は降ろされたのですから」

「ディレクターはちゃんといたじゃないですか。屋久さんがそうでしょう?」

「まあそうですね。ヤックンには、嘘でもいいからディレクター的に振る舞ってくれないかと期待はしました。彼もその辺の事情はわかっていたし、彼なりにその責務を果たそうとはしていたわけですよ。そういう意味では一番キツかったと思います」

「屋久さんは、続けるつもりでいたと思いますよ」

「でも文子が抜けてしまいましたから、それが大きかったのでしょう、彼には」

……違うよ。バーカ。鈍い人だな。屋久さんはどこかで江村さんを兄のように慕っていたと思う。「愛していた」とさえ言ってもいいかも知れない。だからこそ彼は損な役割を担い続けたのではないのか。屋久さんは女よりも男を好きになってしまうタイプだ。僕にはよくわかる。権田さんが一方的にプロジェクトを降りた時、江村さんはそれでも彼の復帰を待とうとした。そのことに屋久さんは絶望したのだ。自分はいったい何だったのかと。

「なぜ僕を誘ったんですか?」

「四人でやることの限界が見えていたのです。人間関係がキツかった。最初からね。特にゴンちゃんとヤックン。でもあの二人がいないことには成立しないでしょう。君を誘った頃は、私も含めて、四人のうちの誰かが今にも《もうやーめた》と言い出しかねないような状況だったと思います。そんな雰囲気を少しでも変えたかった。君が参加しなければ、〈コンクリート作戦〉もゴンちゃんの詩集も出せないまま、〈すずめ書房〉はおそらく空中分解していたでしょう。何も残せないよりは、その二つを残すことができて、私はよかったと思っています……」

＊

——そう言うと、江村さんはボロボロ涙を零しはじめた。突然酔い崩れた感じだった。

「ええーちょっと待ってよ」と僕は思った。何か気持ち悪い。まあしかし江村さんは屋久さん以上に傷付いていたのだろう。結局みんな権田さん一人にやられてしまった。権田さんは「すずめ書房」の仲間から何もかも奪っていったのだ。江村さんから文子さんを奪い、自分の詩集への出資金を奪い、屋久さんからはたぶんプライドを奪い、文子さんからも何か温かいものを奪い、そして仏文研の息の根を止めてしまったのだ。

僕だけはギリギリセーフだった。

何も奪われなかった。

ああよかった。

しかし、最低なのは権田さんだけじゃなかった。

長い長い「すずめ書房」前史物語を終えると、江村さんは本題に入った。聞き手の僕は少しも酔ってはいなかった。江村さんはもう泣きながらベロンベロンだ。言いにくいことを言うために、江村さんは無理やり酒の力を借りたのだろう。

「ジチュは、私は九月からパリ大学にルー学するのでしゅ。今日は、それを君に伝えたかったのでしゅよ。私は君たちの活動をシャポートするイッピョーで、ルー学の準備を進めていたのでしゅ。私はフランシュ文学のケンキューを仕事にするつもりでしゅから、ルー学は避けて通れましぇん。それを言うまえに、みんな辞めてしまって……」

……ポカーンだ、僕は。ポカーンでした。留学ですか。畏れ入りました。なんたる無責任野郎である。この男は、いずれ自分が抜けることを承知の上であれこれ音頭を取っていたので。だから屋久さんに代表やら編集長やらをさせ続けていたのだ。何が「シャポート」だ。ようするに江村さんこそが、最初から「続きは君たちがやってくれたまえ」的立場を取るつもりだったのだ。屋久さんが辞めてしまったので、「すずめ書房」の残務処理を僕に託すしかなかったのである。それは結局、仏文研の存亡も含めての話なのだ。歴史は繰り返すということか。この悪循環を誰も断ち切れないのか。使命感というのは怖い。一〇〇年近く続いたであろう仏文研の存亡を「君に託す」と言われたら、調子に乗ってその気になってしまってもおかしくはない。僕は文子さんや屋久さんの気持ちがやっとわかったような気がしたのだった。でも僕は嫌だ。こんな話を聞かされた後でジョーカーを引くなんて、できるはずがない。

「松圭くんがでシュね、私たちとでシュよ、ここで、この五号室で共有した時間が、少しでも意味があったと思えるのなら、私は嬉しいでシュし、それを君がタイセチュにしてくれてね、これからも……」

知らねえよそんなもの。知るけ。権田さん以外はみんな、本当はちっともやりたくないことを、辞めたくてしょうがないことを、仕方なくやっていたということじゃないのか。僕だってそうだ。何が「ヌーベルヴァーグのパロディー」だ。「パロディー」だったら、やりたくもないことを「嘘でもいいから」「歴史的に」やれるということか。それが「セゾン文化」の遊び方か。それが「ポストモダン」か。冗談じゃねえよ。だいたい僕は「松圭」なんて呼ばれるのは好きじゃないんだ。おまえが「松圭」って言うから、みんなが「マッケー、マッケー」だ。

「嫌ですよ僕は。何を頼まれても、できません」

「そうでしゅか……」

「僕は文子さんほどバカじゃないし、屋久さんほど律儀じゃない」

「そうでしゅか……」

「後始末は権田さんにさせるべきですよ」

「そうでしゅね……」

ここで江村さんは消える。永久に。

江村さんがパリに発つまでに、もう一度みんなで会えないだろうかと僕は思ったが、ただ思うだけで、体はぜんぜん動かなかった。空港まで見送りに行けば、江村さんと文子さんとの感動的なサヨナラ場面に遭遇できるかもと想像してはみた。くっだらねえと思った。

僕にはぜんぜん関係ねえやと。

第二章　「つくし館」

江村さんがパリに発つと、僕はすっかり五号室から足が遠のいてしまった。『海を見に行け』の在庫管理を断ってしまったので、五号室には行きたくても行けない気分だった。みんなで見捨てたものを、僕にどうこうできるわけがない。五号室に行かないということは、大学からも完全に切れたということだ。僕は相変わらず悶々とし、大学中退を覚悟しつつも、親の仕送りが途切れるだろう来年の三月までには世間を震撼させるような革新的小説を書かねばと焦っていたのだった。

それは一代にして巨大な地下帝国を築き上げた男の伝説だった。男は郷里に山を持っているというのが唯一の自慢だった。誰も信じなかったが本当なのだ。死んだ父親から相続したのだった。ただし、杉の植林に失敗したような荒れ果てた山だった。男は一度だけその山を見に行ったことがあるが、森林組合の担当者でさえどこからどこまでが彼の山なのかわからない状態で、「ちょっと手の付けようがありませんなあ」と言う始末。でも、田舎に帰れば自分の山があるというのは、「言い訳」としては十分機能した。男は何をやっても長続きしないようなダメ男。その「言い訳」が「山」だった。

この男、地方の御曹子のふりをしてふらふらしているうちに、裏社会に利用されて、「国家機密漏えい事件」に巻き込まれてしまう。それでスパイ容疑をかけられて山に逃げ込む。自殺をするつもりだったけれども、いかに荒れ果てた山とはいえ沢には水があるし、食べようと思えばカエルやヘビだって捕まえられる。それで生き残ることにしたのだが、何もすることがない。山中を毎日うろうろしているうちに、ある日、明らかに人工的と思われる古い石組みを見つけたのだった。何だろうと思って掘り返していくうちに、これが地下道の入口だとわかった。大昔に何者かが地下道を掘った。そして御丁寧に地下道全体を埋め戻してしまった。ひょっとしたら埋蔵金が。そう思った男は、日々、地下道を掘り返し続けたのだった。

人知れず地下道を掘り返し続ける男。一年、二年。二キロ、三キロ。もういちいち地上に引き返すのも面倒だ。穴のなかでも生活はできる。暗闇にも慣れた。壁を舐めれば水分は取れるのだし、耳をすませば虫の這いずる音だって聞こえる。そいつを食えばいい。ミミズだろうがゲジゲジだろうが、どうせ見えやしないのだ。三年、四年。五キロ、一〇キロ。もう埋蔵金なんてどうでもいい。下に下に、右に左に、とにかく掘り進めるしかない。モグラにできることが自分にできないはずがない。男には「地球」がビビっているのがわかった。「おいこらモグラ男、おまえちょっと洒落にならんぞ」と。彼こそ、「地球」を本気でビビらせた最初で最後の人間なのだ。

まあそんな小説だ。

くだらねえかも。

——権田類さんが「つくし館」の僕の部屋に押しかけてきたのは、十一月の初旬ごろだったと思う。夜のニュースを見ていたら突然電話がかかってきて、「これからおまえん家《ち》に行く」と。いったいどうした了見なのか。いきなり来られても困る。だいたい権田さんとは互いの住処を行き来するような仲ではなかった。というか、そんな友人は東京には一人もいない。だからどう対応していいのかわからなかった。部屋のなかもぐちゃぐちゃだし。

「今どこから電話ですか?」と聞くと、新宿だと言う。「だったら新宿まで行きますよ」と僕は言ったのだが、「いやいやいや、中井まで行く」と権田さん。「中井駅に着いたらまた電話するから、駅まで迎えに来い」とおっしゃるのだった。これはもう仕方ないと思って、僕は部屋の片付けを始めた。

中井駅で半年ぶりに再会した権田さんは、ゲゲゲの鬼太郎みたいだった。「ちゃんちゃんこ」みたいな上着を羽織っていたからだ。スエットの上下に「ちゃんちゃんこ」。そして手入れをしていない重たそうな長髪。目玉おやじが出てきそうだった。負のパワーが全身からムンムン臭ってくる感じ。

「いったいどうしたんですか！」

僕はそう言うしかなかった。そんな格好で新宿から電車で中井まで来たのだ。これは尋常ではないと思った。病気なのか。精神の病気か。

「いやいやいやいや、まあいいじゃねえか」と権田さん。「悪いけどおまえん家に泊めてもらうことにしたからよ」とおっしゃるのであった。「その前にコンビニでも寄っていこうぜ」と。ビールとか、ちょっとした夜食とか、雑誌とか、そういうものを買うのかと思いきや、権田さんは袋麺と食パンを買ったのだった。リアルにケチ臭い買い物だ。腹が減っているのか。これはどうも様子がおかしいぞ。

ようするに、権田さんは文子さんに追い出されたのだった。着替える時間ぐらいあったと思うが、権田さんのことだ、部屋着のままプイッとオサラバしたのだろう。とりあえず誰かの家に泊めてもらおう。でも人に頭を下げて頼んだり、カッコ悪いところを見せたりするのが嫌いな権田さんだ。あれこれ考えた挙げ句に、彼にとっては最も無害で、無理が通る相手を思い出したということではないか。

「やっぱり畳の部屋は落ち着くぜ」と権田さんは言った。靴下が臭かった。権田さんのスエット&「ちゃんちゃんこ」姿は、僕の部屋に妙にフィットしていた。誰が見ても彼こそがここの住人だと思うだろう。

「ほんと何にもない部屋だな」

いやありますよ。ＴＶと、ビデオと、冷蔵庫と、コタツ兼用テーブルと、ワープロと、ふとん。夏の扇風機と冬の電気ストーブ。それ以外に何がいるだろう。衣類や小物の収納は、段ボールがあれば済む。本は部屋の隅っこに重ねておけばいい。

――「すずめ書房」を一抜けした権田さんは、その直後の六月ごろから文子さんと同棲していた。僕は文子さんは小田原から小田急の「ロマンスカー」で大学に通っている――親が厳しくて一人暮しをさせてくれなかった――イメージしかなかったので、かなりショックを受けた。親には「就職活動のため」と言いつつ、彼女は権田さんの執筆活動を支援するために下北沢に部屋を借りたのだった。「文子さんもだらしがないなあ」と僕は思った。まるでグルーピーじゃないか。権田さんは文子さんのヒモをやっているつもりだったのだろう。でも文子さんは水商売をやっているわけじゃない。親のサポートに頼るふつうの女子大生なのだ。そんな金にたかるなんて信じられない。まともな神経ならアルバイトぐらいするだろう。

でも権田さんは違った。

詩人なのだ。芸術家だ。賃労働という概念を持っていない。お金は誰かが与えてくれてしかるべきものだと思い込んでいる。実家が金持ちという条件下で、時にこんなモンスターが生まれてしまうということか。だが大学卒業後、就職もしないでフラフラしている息子に仕送りを続ける親は、あまりいないだろう。たとえ大金持ちであってもだ。いずれ金に困って仕事に就くか、郷里に帰るか、親はそれを期待するはずだ。権田さんの郷里はどこだったか。新潟だったか。そう、新潟だったように思う。文子さんに追い出されて、さっさと新潟に帰ればいいものを、その前にというか、取り急ぎというか、切羽詰まって僕の部屋に転がり込んできたわけである。

文子さんは就職活動が上手くいかなかった。

「屋久なんておまえ、フジッーだぜ。ちゃっかりしてるよ。まったく不実ーだよ」と権田さんは言った。文子さんはマスコミに就職したかったらしい。でも出遅れたのだ。

「あれはあれでプライド高いからな。選り好みしてやがんだ。おまえはそんな高級な人間かよって」

「それは言っちゃいかんでしょう」と僕。

「言うよそりゃあ」

それで追い出されたと。文子さんは来春の国家公務員試験で一発逆転を狙うことにしたのだと。それで権田さんのことが負担になった。

「まあ無理だな。あんなクソ女、地獄に堕ちればいいんだ」と権田さんは言った。就職活動に出遅れて焦っている文子さんの側で、権田さんは仕事もせず詩を書くでもなく一日中ゴロゴロしていたのだろう。その姿が目に浮かぶ。「地獄に堕ちるのはおまえだよ」と僕は思った。

だいたい映画評の連載の話はどうなっているのか。

「あんなもん、どうでもいいんだ」

「断ったんですか？」

「ああお断りだ。冗談じゃねえよ。映画なんかに媚び売ってる場合じゃねえんだ、おれは！」

権田さんは「すずめ書房」大崩壊の現状をおおよそ知っていた。最初は「ざまあみろ」という感じで喋っていた。「おれがいねえと、おまえら結局なんにもできねえんだよ」と。

「な？　やっぱりおまえらにとってはお遊びだったんだよ」と。

「もちろんそうですよ。最初から江村さんがそう言ってたじゃないですか。これはヌーベルヴァーグごっこなんだって。そのお遊びが、少しも楽しめなかった」

「オレが悪いのかよ」

「完全にシラケさせてしまったと思いますよ」

話が江村さんに及ぶと、とたんに権田さんの機嫌が悪くなった。「あいつだけは許せねえ」という調子で、延々と江村さん批判を聞かされる羽目になった。それが権田さんとの最初の夜のメインテーマだった。どうせ眠れないから朝方まで付き合ったが、話はやはり「すずめ書房」前史にまで遡るのだった。権田さんが語る前史は、江村さんから聞かされたものとはまったくと言っていいほど違っていた。印象では、権田さんの言い分の方が嘘っぽく聴こえた。でも、江村さんだって決して真実だけを語っていたわけではないだろう。どちらの言い分が正しいかなんて、僕にはどうでもいい。「な、マッケー、そうだろ？」とひたすら同意を求める権田さんが鬱陶しかった。

ただし、話が文子さんと江村さんの関係に及んだ時に、それに関して言えば、僕は「やっぱりそうだったか」と思った。

「江村の変態野郎が文子を棄てたんだよ、実際な。アホな小娘に付き合ってるのがめんどくさくなったんじゃねえか。仏文研も再起動したことだしよ、そろそろオサラバしようと思ってたんだろうよ、フランスによ」

「でも江村さんはゴンさんに奪われたみたいなことを言ってましたよ」

「誰が奪うもんけ、あんな女。結局な、文子はおれと江村のあいだでフーラフラしていたかったんだろうよ。あいつが詩を書き始めたのもそういうことだ。あんなのおれの影響でもなんでもないぜ。おれに言わせれば、あれは完全に江村の気を引くために書いた詩だ。江村の気持ちを確かめたかったんだろうよ。それで見込みなしと踏んだとたんに、ダラーンと全体重を押し付けてきたわけさ、おれに」

なるほど。この話はとってもよくわかる。権田さんはそんな文子さんの「だらしなさ」にうまくつけ込んだのだろう。利用したとまでは言わないが、文子さんを便利な存在にしてしまったのではないか。もともとグルーピー気質の文子さんにとっては、それは決して不愉快なことではなかった、として……。

「でもな、あいつはずっと江村の野郎が好きだったんだよ。意外と最初の男だったんじゃないのか。まあ結婚詐欺にでもあったと思って、もう諦めろって」

「そんなこと言ったんですか」

「言わねえよ。でもその通りじゃねえか。あんなインチキ博士みたいなやつに騙される女なんてアホだよ。そんなアホ女の面倒を見ていたわけだ、おれは」

ちょっと待て。面倒を見てもらっていたのは権田さんではないのか……。

朝が来ても僕は眠れなかった。まあ、それはいつもの通りだ。いつもと違うのは、妖怪が僕の部屋で眠っている。僕の蒲団で、不愉快な顔をしたまま……。権田さんはどうするつもりなのか。僕はどうすべきか。むろん僕は自分のろう城生活を邪魔されたくなかった。でも数日ぐらいなら権田さんを泊めてもいいだろうと思った。数日で出ていくに違いないのだ。六畳一間のアパートに男二人でいても楽しいことなんて何一つない。それに僕は相変わらず暗かった。権田さんだってうんざりするはずなのだ。

正午ごろに目覚めた権田さんが、ようやく眠りかけた僕――押し入れに避難して、毛布にくるまって――を起こそうとしたが、「キツいなあ」と思って無視した。権田さんは「チッ」と舌打ちして部屋のなかを物色していたようだが、マトモな食べ物がないとわかると、僕の服を適当に選んで、それに着替えて外に出ていった。このまま帰ってこないような気がした。転がり込むにしても、もっとマシな場所があるだろう。僕のところに来るぐらいだから友人は少ないのだろうが、ゼロというわけでもあるまい……。

だが、そんな期待はあっさり裏切られた。

権田さんは夕方になってカランコロン——すみません。さすがに下駄は履いていませんでした——と戻ってきたのだった。

「明後日ぐらいに荷物が届くからよ、蒲団とかよ」

「えええっ……」

「だめだ文子はもう。部屋にも入れてもらえなかったよ。それでな、あいつから荷物が届くようにしたから。ファミコンとかよお」

「えええ、ちょっと困りますよお。僕わざとシンプルにしていたんですよお。部屋がごちゃごちゃするの嫌なんですよお。この部屋は生活空間というより書斎にしておきたいんです僕は」

「なーにが書斎だあ。なんも書けねえくせに！」

「ほ、ほ、他に何が来るんですか。蒲団とかしょうがないと思うけど、ど、ど、どっさり来ますかね」

「どっさり来るかもな。あいつの性格だからな」

「どっさり来たら棄てますよ。余計なものは」

「棄てんなよ、売れよ」

「売る？」

「本とかＣＤは売れるだろ」

結局、本やＣＤは送ってこなかった。腐るほどあると言っていたが、ほとんど文子さんの金で買っていたのである。送ってきたのは蒲団と衣類と日用雑貨、それからファミコンとそのソフトぐらいだった。残りは文子さんの方でゴミに出したのだろう。僕はホッとした。いや、ホッとしている場合ではないのだが……。権田さんはさっそくファミコンを僕の部屋のＴＶに接続してピコピコやりはじめた。そんなこんなで、僕と権田さんの共同生活が始まってしまった。最悪の気分だった。何が最悪って、僕の執筆活動に夜な夜な口を出してくることだ。

「ところでおまえ、いま何を書いてるんだ？」

「小説ですよ」

「やめとけ、やめとけ。小説なんておまえ、奴隷の書き物だぜ！」

権田さんは僕に無理やり詩を書かせようとした。それはちょっと勘弁してほしい。僕にはあと四ヶ月しか猶予期間がないのだ。その間に、文子さんじゃないけども、一発逆転を狙っていたのだった。

「一発逆転なら、バロウズをやるしかねえだろうな。おめえの才能じゃあな」

「バロウズをやる」というのは、ようするにウィリアム・バロウズの「カット・アップ」の手法で小説を書いてみろと言っているのだ。つまり部屋のなかにある複数の書物から適当に文章を選んで、ランダムに並べていくというやり方だ。それはでも、単にバロウズのパクリじゃないか。まったく傍迷惑な指導だった。

「おまえの読書は屁のようなもんだ。似たような本ばかり並べやがって。だからダメなんだよ。漫画は？　週刊誌は？　なんでスポーツ新聞がないんだ。この方式の必須アイテムがおまえの部屋にはないじゃないか！」

「そんなの知りませんよ」

権田さんは漫画や週刊誌やスポーツ新聞が読みたいんだろうなあと思った。それらを買ってこいと遠回しに言っているわけだ。そういうのはコンビニで立ち読みしてほしいなあ。僕はそうしていた。ただし権田さんの意見にも頷けるところはある。確かに読書の幅が狭かった。これは今でも教訓にしていることだ。権田さんはこうも言った。

「マツケー、図書館行ってこい。それで、絶対読みたくない本だけ借りてこい」

あの頃、権田さん自身は詩を書いていたのかどうか。少なくとも僕の部屋で書くことはなかったように思う。僕が覚えているのはＴＶを見るか、ファミコンをするか、自分が気に食わないありとあらゆること――芸能ネタから事件や時事ネタ、そして詩の世界――に対する批判を延々とまくしたてる権田さんだ。でも確かに詩は書いていたのだ。ちょうどその頃、権田さんは雑誌「ポエリカ」の依頼で新鋭詩人特集に詩を寄せていた。大きな活字で、一段組みで掲載されている権田さんの名前を見て、「ああこの人はこの人なりに着々とステップアップしているんだなあ」と思い、ちょっとショックだった。

「すごいじゃないですか」と僕が言うと、「こんなの、どうでもいいんだよ。新鋭特集か何か知らんが、人を十羽ひとからあげにしやがって」と権田さんは言った。僕は思わず吹き出してしまった。

「権田さん、それを言うなら十羽ヒトカラゲ」

「ああ? なんだよヒトカラゲって」

「十羽ヒトカラゲっていいませんか、ふつう」

「だからヒトカラゲってなんだよ。意味がわかんねえよ。教えてくれよ」

「いや、意味というか、慣用句だから……」

「なんもかんも一緒くたにするという意味だろ。アホかおまえ。十羽を一纏めにして唐揚げにするんだろうが。ボケッ」

「いや唐揚げだったですかね……」

「だからなんだよヒトカラゲーって。怪獣の名前か！」

「……でも慣用句でしょう。古い言葉でしょう。そんな昔から唐揚げなんてあったんですかね」

「そんなもんおまえ、遣唐使の時代からあるよ」

「ありますかね」

「あるよ」

「じゃあ一唐揚げが正解で、それが時代とともに訛ってヒトカラゲになったんじゃないですかね」

「ヒトカラゲなんて言ってるのはおまえだけだよ」

僕はその時は一応納得したのだったが、釈然としないので翌日に本屋で調べてみた。「十把一絡げ」が正解なのだった。僕の方が、オシかった。部屋に戻ると権田さんがなんとなくよそよそしい感じがした。おそらく権田さんは権田さんで、やっぱり自信がなくて調べたのだ。でもまあ二人とも間違っていたわけで、どちらからともなく「ヒトカラゲ」の話題には触れないようにした。

そんなこんなで楽しかったのだ、たぶん。

権田さんも夜遅くまで寝なかった——ファミコンと深夜TVで——が、翌日の正午頃には起きた。そして僕を起こした。もっと早い時間に起こされることもあった。無視ばかりもできないので、僕も起きるようになった。生活のリズムが少しずつ変わっていった。そして僕は、だんだん罪悪感——昼夜逆転生活のなかで怠惰を貪り、小説を書こうとはしているが、実質的には何もしていない――が薄らいでいくのを感じていた。だから権田さんを強引に追い出そうとはしなかった。それどころかついには権田さんの助言に従って図書館で本を借りてきたりもした。絶対読みたくない本を。

それはできもしないスポーツの教則本であったり、買えもしない車の本であったり、行けもしない海外旅行の本だった。権田さんはそれらの本のなかの言葉を適当に切り貼りして詩を作ってみろと僕に命じた。

「ちょっと待ってください。カット・アップで小説を作るはずだったでしょう？」

「だーから小説なんて奴隷の書き物だって言ったろうが」

「じゃあ詩は王様の書き物ですかね」

「知るかよ。じゃあいいよ。小説作ってみろよ。作れるもんなら作ってみろって」

「カット・アップ」という言葉は知っていたが、ではウィリアム・バロウズがその手法でどんな実験的小説を書いたのか、僕は知らなかった。まともに読んでいないのだ。本屋でペラペラ捲って、ゲーっと思って、こんなもん読めないよと思った記憶があるだけ。だから権田さんから教えてもらうつもりだったのだが、たぶん、権田さんも読んでいない。こりゃダメだと、とりあえずその「カット・アップ」とやらで詩を作ってみることにした。やってみると、これが意外と、思っていた以上に、難しいのだった。それにつまらない。だいたいこんな詩だ。

今ならお徳！
排気量２０００ＣＣのプレリュード
引き付けて一気に押し出しＶ王手！
せっかくならバレンシア地方まで足を伸ばしてみませんか？
またまた不倫騒動のトップ・アイドルＭに密着
桑田炎上大誤算!!
みたいな。
そうやって作った意味不明の詩を、今度は自分の言葉で壊してみろと言われた。自分の言葉が出てこなかったら、自分が好きな本の言葉を使って壊せと。
「パクれパクれパクりまくれ！　オレの詩なんておまえ、ぜんぶパクリだぜ！」
だが、結局、そんな詩をどんなに壊したって、つまらないものはつまらないのだった。
僕は仕方がないので、権田さん一押しの詩人・吉増剛造の初期の詩篇を思いっきりパクって、吉増風の詩を書いた。こんな詩だ。
アスファルト、
アスファルト、
新宿のアスファルト渋谷のアスファルト
アスファルトこれを、きみたちは正しく憎み正しく引き剥がせ！

剝がしてみろアスファルトアスファルトアスファルト！
おれはロードムービーなんて大嫌いだ！
掘れよ、掘ってみろよ垂直に
垂直が好きだ垂直が好きだ垂直だ！
おれは、おれは、おまえら
掘れって
骨があるぜ
たぶん
おまえらの腐った脊髄
腐ったおまえらの根性みたいなものが
わかるかおい
おまえらみんな正座しろ！
それを権田さんが「添削」と称して好き勝手に壊していく。ようするに吉増剛造と権田さんと僕の恐怖のコラボレーションだ。まったく吉増剛造に申し訳ない。まあ、そんな風にして数週間が過ぎた。僕は完全に権田さんのペースにはまっていた。

＊

迂闊だった。

権田さんとの共同生活を始めて三週間目ぐらいだったと思う。彼がどうやってそれを部屋のなかに運び込んだのかは知らない。ある日、部屋に帰ると、見覚えのある六箱の段ボールが半畳ほどを占拠していた。それは五号室で眠っていたはずの権田さんの詩集を詰めこんだものだった。二五〇冊はあるだろうか。詩集『海を見に行け』のことを僕はすっかり忘れていた。権田さんとの会話のなかで話題になることがあっても、それは「江村に騙された」という文脈で出てくるだけで、権田さん自身もすでに「なかったこと」にしているような素振りを見せていた。『海を見に行け』も「五号室」も権田さんにとっては「ムカつく過去」だったはずだし、僕にとっても終ったことだった。

しかし本当は違う。「なかったこと」になんてできない。「なかったこと」どころか、権田さんはずっと「なんとかしたい」と思っていたのではないだろうか。昼間、僕が寝ている間、権田さんはひょっとしたら五号室に行っていたのかも知れない。明け渡しを待つだけの無人の五号室で、その片隅に積まれた『海を見に行け』の入った段ボールを憎々しく見つめながら、途方に暮れていたことだろう。だとすれば、権田さんが僕の小汚い部屋――何もない、何もいいことがない部屋――に押し掛けてきて、そのまま居座ろうとした最大の目的は、詩集『海を見に行け』を「なんとかする」ためだったのではないか。怖い、と僕は思った。

「どうするんですかこれ……」

「売るんだよ。おまえ販売担当だったろ。一冊二〇〇〇円だ。全部売れば五〇万円だ」

「……」

「とにかく売るんだ。どうやって売るか考えよう。おまえも知恵を出せ」

「無理っすよ……」

「おれはこいつがぜんぶ売れるまでここを出ていかんからな」

困った人だ。さすがは芸術家だ。畏れ入った。チンピラに絡まれているようなもんだ。こんなもの売れるわけがない。それを承知で言っているのだとすれば、五〇万円でこれを買い取れと脅迫していることになるではないか。僕は親に泣きついて——適当に騙して——五〇万円を用立ててもらうことを想像してみた。

絶対無理だ。僕が大学に行っていないことぐらい親は薄々勘付いているはずだ。それでも授業料を払い、仕送りを続けている。騙されていることを知っていながら猶予を与えている状態だと思うのだ。それも来年の三月までだろう。そんな両親をこの上騙すなんて、できるわけがなかった。

「まあ考えようや。おれたちはアホじゃないはずだ。頭を使えよマツケー」

権田さんがこの部屋の主人になってしまった。

——それから僕らは毎晩議論した。詩書流通のアリ地獄のような現実について。つまり議論の八割は愚痴だった。残りの二割で直接販売の可能性を語り合った。「やっぱり押し売りしかないだろう」と権田さんは言う。突き詰めればその通りなのだった。必要とされていないものを売るわけだから、そこでは詐欺的要素もしくは強圧的要素が必要となる。

訪問販売を想像してみた。

ある日、怪し気な二人の男が戸口に立つ。ピンポーン。詩集買ってください。買わないとどうなるか。とっても嫌な思いをすることになりますよ。買えよ。買えこら。

無理だ。

総会屋を想像してみた。

貴社の社員教育のために、この詩集をぜひ役立てていただきたい。ついては二五〇冊ほどを定価で提供したいがどうか。貴社の社会的イメージの向上にも貢献できると思うがどうか。どうなんだよ。おいこら。

無理。

駅構内で立ち売りすることも想像してみた。

「読むだけで幸せ度一〇〇倍UP！」

「ローマ法王が絶賛し、サイババが感涙した幻の詩集！」

もう命懸けだ。

図書館にリクエストすることも想像してみた。全国の市立図書館に、市民になりすまして偽名でリクエストするという。これが一番現実的とも思われたが、そんな情けない売り方は権田さんが却下した。「〈コンクリート作戦〉の次は〈リクエスト作戦〉かよ！」。

　僕らは妄想に妄想を重ねた。できもしないことをあれこれと議論した。そして疲れてしまった。やっぱり「ないものねだり」をしているのだ。

「ないものねだり」と言えばお金だった。文子さんがどれぐらいのお小遣いを貰っていたのかは知らない。でも少なくとも僕の仕送りよりは多かったはずだ。小洒落たワンルーム・マンションで暮らしていたようだから。僕が親から貰っていたのは月一〇万円で、一人で暮らす分には十分だった――だからアルバイトもしていなかった――が、二人で暮らすには無理があった。金がないと心が荒む。「おれたちにはクリスマスもお正月もないからよ」と権田さんは嫌味っぽく言うのだった。しまいには「いっそコンビニ強盗でもやるか」という妄想にまで至った。

「文子はバイトもしてたしな。家庭教師の。おれはそんなもんヤメてしまえって言ってたんだ。ところがさ、何年も教えている子だし、頼りにされているからってさ、ヤメないわけさ。そんな根性で就職活動なんてできるもんけ」

　就職活動など一度もしたことのない権田さんに一体何がわかると言うのか。

「僕もバイトはしませんよ。そんな根性ではいい小説なんて書けませんから」

「おまえはした方がええと思うよ」

「嫌ですよ」

「マッケーなあ、ろくに社会経験もないやつに何が書けるんだよ」

「詩だったら書けるんですかね」

「書けねえよ。詩を甘く見るんじゃねえよ」

いったいこの男にどんな社会経験があるというのか。バイトをすべきなのは権田さんではないか。人の部屋に居候しているのだからそれが当たり前だ。しかるにこの男は、僕にバイトをしろと命令しているわけである。うんざりしている僕を挑発するように、「おまえにぴったりのバイトがある」と権田さんは言った。権田さんはそれを求人情報誌で調べたのだった。その切り抜き——当時はまだ求人情報誌は有料だった。どこでそれを切り抜いたのか——をコタツ机にピタンと置いた。

「これだよ」

深夜の交通量調査のアルバイトだった。条件を読むと、これが悪くない。夕方四谷の「交通会館」に集合し、大型バスに乗って目的地に向う。目的地はどこかわからないが、大型バスをチャーターするぐらいだからまあ地方都市だろう。そこで夜の九時から朝の九時まで、通り過ぎる車の数と種類をカウントするという仕事だった。日払いで一万二〇〇〇円。

「たまには旅行にでも行ってこいよ！」

ああ、まさにぴったり。畏れ入りました。権田さんの顔を見ないで済むのなら、どこにだって行かせてもらいます。そんな気分を敏感に察知した上での、これはベストのチョイスだった。僕は権田さんが「ああでもない、こうでもない」と求人情報誌を捲っている姿を想像してしまった。自分自身のアルバイト探しならよくある情景だ。だがこの男は、人にさせるアルバイトのために「ああでもない、こうでもない」をしていた。そしてピッタリの仕事を斡旋して、その上前をはねるつもりなのである。ようするに極悪ブローカーだ。権田さんには、詩よりもそっちの方に才能があったのではないかとさえ思う。

恥ずかしながら、僕には、権田さんが斡旋（？）してくれたそのアルバイトが、初めての社会経験であった。初めて仕事をしてお金を貰った。僕にとっては強烈な体験だったと思う。だってみんな適当にカウントしてるんだもん。深夜の交通量調査。参加していたのはバンドをやっているパンク青年とか、芝居をやっているアングラ青年たちだった。みんながみんなそうではないが、そういうのが多かった。彼らにはすごい夢があった。僕だってあの頃はすごい夢があったのだ。僕らは一晩中、地方都市の郊外の、何もない国道の交差点で、適当に交通量をカウントしながら、できもしないことやありもしないことをボソボソと語り合った。寒かった。寒かったけれど楽しかった。これがホントに仕事なのかと思った。こんなことでお金を貰っていいのかと思った。それで一万二〇〇〇円。「世の中こんなもんか、楽勝だな」という気分で部屋に戻ると、待ってましたとばかりに権田さんに五〇〇〇円巻き上げられた。

　五〇〇〇円をゲットした権田さんが陽気に外出すると、僕はなんだか憂鬱な気持ちになった。権田さんにくれてやった五〇〇〇円が憂鬱にさせたのではない。そんなもんはどうでもよかった。確かに深夜の交通量調査のバイトは楽しかった。オイシイとさえ思った。こんなアルバイトなら時々やってもいい。ついさっきまではそう考えていた。権田さんの思惑通りだったと思う。でもやっぱり「こんなことをやってる場合じゃない」のだ。「これでいい」なら、大学を中退しても適当にやっていけるだろう。アルバイトで食い繋ぎながら、自分の夢を温存し続けているような連中は世の中に腐るほどいて、僕もその一人になるということだ。それでいいのか。いいわけがないだろう。でも権田さんはおそらく、「おまえなんてその程度だ」と言いたいのだろう。まるで自分の近い将来を突き付けられたような気持ちがした。それが僕を憂鬱にしていた。埋もれたままダラダラと過ぎていくだけの日々。そんな日々にもやがて馴れてしまって、あとはひたすらモチベーションを持ち崩すだけ。気がついたら格好のつかない歳になっていて……。ああ、なんて現実的なビジョン。

　憂鬱は続いた。とにかく小説を書かねば。でも僕の部屋は権田さんと彼の詩集に乗っ取られたままだ。不愉快だった。世の中は年末に向けて浮かれまくっていた。バブル全盛期の正気とは思えない年末を想像してほしい。こんな男とクリスマスを過ごすのかと思うと情けなくて涙が出そうになった。お正月はどうするつもりなのか。僕は帰省できるような状況ではなかった。親に説教されるのが目に見えている。でもそれは権田さんも同じなのではないか。

「おうマツケーよお、詩を書けえい、書いてみろよ」と権田さんは言わなくなった。僕が陰気な顔をして思い詰めていたからだろう。「カット・アップ」も「初期の吉増剛造のパクリ」も僕にはもう関係ない。あんなもんはゴミだと思った。もう権田さんの相手はしない、僕はそう決めていた。権田さんは「詩を書け」とは言わなくなったが、アルバイトはしてほしいのだった。「おう、バイトせえよ」としつこく言った。クリスマスまで秒読みになると、権田さんがやたらと苛ついているのがわかった。でも僕は相手にしなかった。小説に専念していた。

それは郷里の四日市を舞台にした小説だった。万引き少年グループの物語だ。彼らは盗品を高校の教室で売りさばいて現金にしていた。注文も受けた。注文者を含めると、この犯罪に関係した生徒は五〇人を越えているはずだった。野球部の連中もいた。こんなことが公になったら学校側はたまったものではない。甲子園出場と推薦入学枠に頼っている二流の進学校なのだ。首謀者の狙いは、多数の生徒を巻き込んだのちに学校側と交渉することだった。野球部後援会が集めた支援金を全部よこせと。一〇〇〇万近い金だ。

——こんな小説が面白いかどうかなんてわからない。だがもう与えられた時間は残りわずかなのだ。あれこれと目新しいフィクションの構築に思いを巡らせている場合ではなかった。自分の体験に即して、とにかく書けそうな題材で書き上げるしかなかった。クリスマス・イヴもイヴイヴも当日も僕は小説を書いていた。精神が異様に昂揚していた。

そんな僕を尻目に、権田さんは文子さんと会っていた。文子さんだって、クリスマスぐらいは男の人と過ごしたいと思ったのだろう。だらしのない人だ。それは権田さんと文子さんの青春恋愛物語のクライマックスというか、エンディングであったのだろう。それが文子さんにとって美しいエンディングであったことを僕は祈る。そうであればまだ救いがある。権田さんにとっては悲惨なエンディングだったはずで、あの罵詈雑言の人がほとんど何も語らないのだから、かなり惨めなクリスマスだったのではないか。「最低の国だ……」とか呟いていた。

そして権田さんは寝込んでしまったのだった。文子さんからはとうに見放されていて、何を今さらそれほど落ち込むことがあるのかと僕は思ったものだ。でもそうじゃない。そんな単純なことではなくて、権田さんはここで何かを、何か大きなものを諦めなければならなかったのだ。たぶん青春のゲーム・オーバーを突き付けられたのだ。

でもね、でもそんなもん知るか。権田なんかどうでもいい。邪魔しないでくれ。僕は絶好調だった。視界が突然開けたのだ。過去に書き捨てたネタが、まるで合体ロボットのパーツのように飛来してきた。あれも使える、これも使える……。

——高校生ごときに学校側や野球部後援会を脅すだけの知恵も度胸もあるはずがない。集団窃盗団を指導していた真の首謀者は他にいた。あの呪われた村、奇病の蔓延によって死滅してしまった村からの逃亡に成功した、兄Xとその一味——それを仮に「巨人軍」としておこう——だった。彼らは裏社会の奥深くに身を置き、国家当局（厚生省とか公安とか）からの執拗な捜索をかわしていたのだった。「巨人軍」が野球部後援会から巻き上げた金は一〇〇〇万円どころではなかった。三〇〇〇万円をゆうに越えていた。ここにもクダラナイ利権がはびこっていたわけだ。

その金を元に、兄Xはさっそく中古の大型トラックを購入し、巨人化した弟Sたちの救出に向ったのだった。国家当局はすでに弟Sたちの巨人化情報をゲットしており、極秘裏にそれら怪物たちを「回収」する準備に入っていた。むろん、あの村での出来事——因果関係がまったく不明な奇病の発生と弟Sたちの奇跡的な完治、その後の巨人化——に、国家による生物兵器開発プロジェクトが介在していたことは明白なのだった。不慮の事故を解毒人体実験に利用したのである。スポーツ医学が研究を進めていた強力な人体改造薬を投与された可能性もあった。その全容を明らかにし、責任を日本政府に問い、生命の安全と経済的補償を獲得し、果ては瀬戸内あたりの離島に独立国家を形成することが「巨人軍」のテーマだった。だがそのためには、巨人化した弟Sたちを一先ず「保護」しておく必要がある。彼らを絶対安全な秘境に匿っておかねばなるまい……。

見捨てられた村の山奥では、一人のモグラ男が人知れず地下帝国を築いているはずだった。実はモグラ男は父親を例の奇病で亡くしたのだったが、東京で遊び惚けていたので何一つ事情を知らないのだった。兄Xはモグラ男を利用した。「国家機密を知った以上、おまえは命を狙われるだろう」。恐怖におののいたモグラ男は、自分が相続した郷里の山に逃げ込んだのだった。

「国家権力によって消される」。それは決して大袈裟な嘘ではない。兄Xも弟Sもその脅威に曝されていたのだ。兄Xは大型トラックのコンテナに弟Sを積み、それから各地を巡って巨大化したP子ちゃんやB助たちも積んで、地下帝国へと運び入れたのだった。さあどうする。

「巨人たちよ、目覚めよ！」

「ウラー！」

「おまえたちは、自宅の暗闇に隠れ住むことはもうできない。この地下帝国で、ついに復活を宣言するのだ！」

「ウラー！」

「おまえたちこそが真の人類だ。この地球が自立的に産んだ最古の知性なのだ。それを宇宙から来た猿どもが淘汰してしまった。そんなことは、古代遺跡を研究すればアホでもわかる事実だ」

「ウラー！」

「おまえらのご先祖様は宇宙猿に滅ぼされた。その大量殺戮の癒し得ぬ傷跡が、おまえらの遺伝子様には刻まれているはずだ。思い出せ、思い出せ、宇宙猿の末裔を憎め！」

「キーッ！」

「おまえらこそジンルイだあー、おまえら以外はみんな猿だあー」

で、どうしますか。小説は。「巨人軍」が富士山をほじくり返して大噴火をさせるとかどうですか。東京全滅ですっきりしませんか。

——疲れていた。少し休んで、冷静になるべきかも知れない。でもここで止まったら終りだ。一気に書き上げないと……。

ところが僕は小説どころじゃなくなった。ほんとに迷惑な人だ。寝込んでしまった権田さんは、マジで病気になってしまって、四〇度ぐらいの熱を出してハアハア言ってるのだ。解熱薬を飲ませても熱は下がらない。

「権田さん、病院に行ってくださいよ。たのみますから」

「嫌だよ」

「もう土下座しますから行ってください。金ならあります」

それでも権田さんは病院に行かないのだった。僕は泣きそうになった。病人が側にいるというのは鬱陶しいものだ。このまま死ぬのではないか——死んでくれ——と思ったが、三日後には何事もなかったかのようにケロっと治ったのだった。少年Sのようだ。その代わりに僕が病気になった。熱が四〇度出た。たぶんインフルエンザだ。でも病院はすでに年末休業。最悪ですよ。僕は熱にうなされながら「ゆく年くる年」――権田さんが焼酎を飲みながら観ていた――の除夜の鐘を聞いていた。ひどい大晦日だった。僕は蒲団の隙間から権田さんの詩集の山を見ていた。

「海を見に行け」

権田さんの詩集がそう告げていた。「そういえば東京に来てから一度も海を見に行ったことがないなあ」と思った。そして四日市の海を思い出していた。コンビナートに取り囲まれた陰惨な海……。熱が下がって元気になったら、権田さんと一緒に海を見に行こうと思った。それでもうこんな絶望的な共同生活は終りにするのだ。限界だった。病気になるのも当然だ。そろそろ、別の暮らしを設計してみるのも悪くない。どうも「つくし館」ではマトモな小説が書けそうにない。「五号室」も「つくし館」も、東京の恥ずかしい辺境なのだ……。

年が明けた。

一九八七年になった。詩的八〇年代が実質的に終った年だ。日本の現代詩にとっては喪の年。そして、現代詩の歴史にはっきりとした亀裂が走った年だった。前年秋に鮎川信夫が死んでいたのだった。ファミコンで遊んでいる最中に倒れたという。すごい死に様だ。

僕はそれをぜんぜん知らなかった。権田さんが「つくし館」二〇三号室に乱入してきたのは、鮎川信夫のファミコン死の直後だったわけだが、これはおそらく偶然に過ぎないだろう。戦後詩を牽引した巨星の死を、権田さんはさすがに知っていたはずだが、彼の口から鮎川信夫の名を聞いたことは一度もなかったと思う。関心がなかった、というより、関心が及んでいなかったというべきか。僕たちはその歴史的な（！）亀裂に気付かないまま、二人してせっせと精神の「落とし穴」を掘って、そこにすっぽりハマっていたのだ。その「落とし穴」からは、何も見えていなかった。一九八七年。それは、僕にとってはジョン・カサヴェテスの『ラブ・ストリームス』が公開された年だった。喪が明けると、「ねじめ正一」「伊藤比呂美」「松浦寿輝」といった八〇年代のスター詩人たちは、こぞって小説家に転身していった。

——元気になった僕は、嫌がる権田さんを強引に誘って海を見に行った。「気分転換に」と僕は言った。二人してお正月を持て余していたのだ。何もすることがない。TVで箱根駅伝を見ていたら湘南の海が映った。今がチャンスだと思った。それで「天気もいいし、海でも見に行きませんか」と。「アホか」という顔をして権田さんは僕を見たものだ。ともかく僕らは冬の、湘南の海を見に行った。大失敗だった。おそろしく寒かった。リフレッシュどころか、「よりにもよって何でこんなところに」という気分だ。一月三日の湘南の海はどこまでもどんよりしていた。空もどんより。TVではあんなにいい天気だったのに……。富士山は見えなかった。僕は見えない富士山に向って「噴火しろ！」と念力で祈ってみた。黒い海に向って「ゴジラよ来い！」と念力で祈ってみた。

僕の心のメッセージ——もうそろそろこんな生活にサヨナラしませんか——は権田さんに十分伝わっていたと思う。「海を見に行け」は「ここから出ていけ」と同義のはずなのだ。それを書いた権田さんが気付かないわけがない。「せっかく来たのだから」と、夏は海水浴で賑わうだろうビーチをとりあえず二人で歩いた。廃材のような海の家。犬を連れたおばさんと、凧上げに失敗し続けているファミリー。お父さんが悲しい。やる気のないサーファー連中が遠くで焚き火をしていた。

「おれの海は、こんな海じゃねえ……」と権田さんは呟いた。

淋しそうだった。

淋しくて寒い。

ああ「ちゃんちゃんこ」が欲しいと思った。

「権田さん、あのちゃんちゃんこ、お母さんの手編みですか？」

「知るかよ」

「あんなのどこで買ったんですか？　中野？　巣鴨？」

「おまえ馬鹿にしてんだろ」

「あれいいですよ、僕も欲しいです」

「あんなもん、欲しけりゃやるよ」

「でも、やっぱ手編みでしょ、あれ」

「ああ、ばあちゃんだよ」

ああ権田さんの海が見える。

きれいな海だ。

「あれいいです。ちゃんちゃんこが着こなせる人なんてなかなかいないですよ」

「おれと鬼太郎ぐらいってか？」

「……」

「おまえの考えていることぐらいぜんぶわかるぜ、おれは」

「権田さん、ちゃんちゃんこの詩を書いてください」

「アホか。そんなもん、東京で書けるかよ」

淋しそうだった。

淋しくて寒い。

悲しい。

たぶん、その時に、権田さんは不毛な東京暮らしにケリを付けようと決意したのではないか。なんとなく僕はそう思う。仕事をする気がないのであれば、帰郷して、裕福な家族の庇護のもとで芸術家を続けるしかない。文子さんという東京の母親からも完全に見放されてしまったのだ。誰が考えたってそれが結論だ。人の世話になるより、どれだけ精神的に楽か。前橋に帰った萩原朔太郎だってそうだったし、山口に帰ろうとした中原中也だってそうだ。中也の場合は帰郷する前に死んでしまったわけだけど……。

僕らは海辺を十五分ぐらい——とにかく寒かった——だらだら歩いて、駅前で立ち食い蕎麦を食べて、東京に戻った。そして権田さんはそのまま郷里の新潟へ……となれば、青春ドラマ風のエンディングになっていたのかも知れない。あの当時だったら、新潟に帰るためには東京駅ではなくて上野駅でサヨナラか。「あばよ」とか権田さんなら言いそうだな。「ポーッ!」とか汽笛が鳴りそうだな。

＊

でも権田さんには「やるべきこと」が残っていた。「忘れたこと」にはできない何かがあった。そして権田さんは新年早々、具体的な行動に出た。詩集『海を見に行け』を古本屋で売ってみたと言うのだ。

「一〇〇円で売れたぜ」

「一〇〇円ですか」

「ああ一〇〇円」

「たった一〇〇円ですか!　それは……あんまりですよ」

「あんまりもクソもあるか。おまえの部屋に置いてたって一円にもならねえじゃねえか」

「江村さん知ったら怒りますよ」

「知るかい、あんなフランス野郎」

「フランス野郎って……」

「ええかよく聞け。一冊一〇〇円だ。古本屋を四軒回れば四〇〇円だ。それで牛丼が食える。六軒回れば六〇〇円だろ。それでラーメンが食える。マツケーさんよお、おまえ詩でメシが食えると思ってたか。思ってなかっただろ？」

「まあ確かに食える計算にはなりますけど……」

「ざまあみろだ」

いやちょっと待ってほしい。「ざまあみろ」は権田さんではないのか。そう思ったが、そんなことは口が裂けても言えない。僕はそばにいたから嫌でもわかってしまった。権田さんは強引に店じまいをするつもりなのだ。クリスマスに文子さんと会って「青春」にケリを付けた。そしてお正月に僕と海を見に行って自分の「才能」にケリを付けた。でもまだ何かが残っていたのだ。「青春」とか「才能」なんて言葉では言い表すことができないような何か。その何かを言い当てる言葉は僕には見つからない。「プライド」とか「夢」とか、そんな言葉に還元したくない。ただ一つ言えることは、詩集『海を見に行け』は権田さんにとっては自分の分身のようなものだったということだ。そいつに、とどめを刺すつもりなのだ。

それからの権田さんは鬼気迫る感じがした。

一日に一〇冊は確実に売った。詩集の山は少しずつ低くなっていった。「一〇〇円でも買い取ってくれない古本屋がある」と言って絶望的になったかと思うと、「今日は一冊五〇〇円で売れた」と陽気にはしゃぐ日もあった。感情の起伏がやたらと激しい数日が過ぎると、その後は気持ち悪いぐらいに無口になった。僕よりも陰気だった。陰気なだけの権田さんが部屋にいるというのは、相当キツかったはずだ。

でも権田さんがダークになるのも当然なのだった。想像してほしい。権田さんは自分の詩集を自分で売り歩いているのだ。それも古本屋で買い叩かれながら。これでヘラヘラしていられる方がおかしい。そして僕は気付いたのだ。権田さんの行為は僕に対する無言のクレームではないかと。なんとなく批判的な圧力を感じた。詩集を売るのは、本来なら販売担当の僕がする仕事なのだ。そんな惨めな仕事を権田さんにさせている自分が辛くなってきた。その辛さは、江村さんはもちろん、文子さんや屋久さんも共有すべきなのだ。せめて僕は手伝いたいと思った。今からでも手伝わせてほしいと権田さんに頼んだ。でも、もう遅いのだ。

「おまえはいいから、詩を書けよ。小説なんか、おれの前で書くな」

権田さんは僕にそう命令した。

「一五篇な。そしたら、おれが知り合いの編集者に売り込んでやる。いっしょに詩集を作ろうぜ」

僕はその言葉にガツーンとやられた。この人は、いつだって真剣だった。本気だった。僕はいつも真剣味が足りなかった。いい加減だった。そのくせ「あわよくば」と思っていた。ぜんぜんダメだ。生きている次元が違う。

僕は詩を書こう。書けなくても、真剣に詩と向き合うべきだと思った。もう小馬鹿にしている場合じゃない。権田さんが怖かった。完敗したのだ。打ちのめされていた。僕はこの時、初めて本気で詩を書いたと思う。猿のように、もう余計なことは何一つ考えなかった。暗示にでもかかったように、いろんな言葉が自分から溢れ出てきた。僕は言葉を持っていないと思っていた。むかし江村さんにそう指摘されたからだ。でもそうではなかった。僕の頭のどこにインプットされていたのか、とにかく今まで一度も使ったことがないような言葉が、使い慣れた言葉の裏側から次々と見つかるのだった。例えば「ちゃんちゃんこ」のような言葉だ。

不思議な状態だった。あんな状態になったことは、それから先は一度もない。一種のトランス状態だったのかも知れない。あんな状態になれたのは、むろん、権田さんが必死で詩集を売っていたからだ。その凄みを肌で感じて、底の知れぬ恐怖――僕はヘタをしたら権田さんに殺されるかも知れないとさえ思った――に怯えて、ガチガチに硬直していた。

権田さんの生霊に取り憑かれていたとしか言いようがない。妙なことに、僕はその頃の権田さんの様子がほとんど思い出せない。「怖い」という空気に支配されていただけで、権田さん本人が部屋のなかにいた感じがしないのだ。青い顔をして詩集を売りに行って、狐のような顔をして部屋に戻ってくる。そんな権田さんの姿ならぼんやりと思い出せる。だけど僕の部屋で彼が何をしていたのかまったく覚えていない。「どれ、ちょっと見せてみろ」と言い、僕が書いたものを取り上げ、「添削」と称して勝手にいじくり回す。それが健康時の権田さんだった。「どうでもいいですよ、そんなの」とうそぶいて、権田さんの好きにさせていたのが健康時の僕だった。それが二人ともノイローゼになってしまったのだ。たぶん、そういうことだ。「詩を書け」と命令した権田さんが、あの時だけは僕の詩にまったく興味を示そうとはしなかった。それどころじゃなかったのだろう。あるいは「邪魔をすべきではない」と思ったのかも知れない。もう思い出せない。たしかに権田さんは僕の部屋にいたはずなのだが……。

巨人と猿か。権田さんが巨人で、僕が猿だ。でも本当は巨人も猿もいなかった。六畳一間の部屋のなかに怯えた青猫が二匹いただけなのだ。ノイローゼの猫どもが。そんな薄気味悪い時間がひと月近く続いたと思う。僕はどうにかこうにか一五篇の詩を書くことができた。そして約束通り権田さんに託した。そして――これは約束されていたわけではないが、なんとなくそうなるような気がしていた――権田さんは消えた。「つくし館」に青猫は二匹もいらないのだ。実際には、伝言も残さずに突然いなくなっただけなのだが。気が付けば詩集『海を見に行け』の山も消えていた。ファミコンも消えていた。それ以外はぜんぶ僕の部屋に棄てていった。「ちゃんちゃんこ」も。

　僕は権田さんからの連絡を待った。手紙が来るかも知れない。そのうち何か言ってくるだろう。でも、何もなかった。何もないなら何もないでべつにいいのだった。たぶん郷里に帰ったのだろうと僕は思った。ただし、それを確かめようとはしなかった。約七万円の貸しがあったし、一五篇の詩も預けたままだったけれど、ぜんぜん未練はなかった。七万円は授業料みたいなものだ。一五篇の詩も本当に詩集にしたかったのかと問われると、そんな金はないし、ほとんど権田さんに煽られて書いたようなものだったから、彼にくれてやっても構わなかった。僕は権田さんが消えてくれて正直ホッとした。殺されずに済んだ。せいせいした。「憑きものが落ちる」というのはこういう感じなのかと思った。そうして僕のヌーベルヴァーグ時代は完全に終った。

僕は大学を中退した。その前に「つくし館」から引っ越しをして、電話番号も変えている。一から東京の暮らしをやり直そうとしたのだ。小説も諦めた。ついでにいろんなものを棄てた。権田さんが残していったものもぜんぶ棄てた。「ちゃんちゃんこ」だけは魔力があるような気がして「うーん、どうしようか」と思ったが、やっぱり棄てた。もうキレイサッパリだ。そうしないと次に進めなかった。

そして水道橋の「アテネ・フランセ文化センター」で映画字幕製作の仕事をゲットした。いや、順番が違う。字幕製作の仕事を得たことが、小説を諦めるきっかけになったのだ。僕には映画も小説も漠然とした憧れに過ぎなかった。そして小説ならば手が届きそうな気がしていた。自分の部屋に立て籠っていればそのうちなんとかなるだろうと。だが、映画の仕事――裏方であろうと何だろうと――を現実に得てしまうと、漠然とした憧れにいつまでも足を引っぱられているわけにはいかなくなった。実際、小説どころではなかったのだ。映画祭のシーズンになると仕事量が格段に増えた。仕事が深夜まで及ぶことも普通になった。部屋には寝に帰るだけ。それは、僕にとっては極めて健康的で、充実感のある日々でもあった。

「アテネ・フランセ」の本体は語学学校だ。歴史のある古い学校で、高度なフランス語やギリシア語を学ぶことができる。坂口安吾や中原中也も通っていたという。「なぜ語学学校が字幕製作を？」と思うだろう。その文化事業セクションが、欧米の古典映画を中心にした日替り上映——シネマテークというやつです——をやったり、その活動から得たノウハウを提供して大小様々な映画祭の運営に協力していたのである。字幕製作は、語学学校という特色をいかした事業展開だった。

僕はその仕事をすんなり得たわけではない。それなりに頭を使ったのだ。校舎には住み込みの管理人がいて、その下で働く雑用のアルバイトを募集していた。ゴミ棄てや黒板消しの仕事だ。偶然、その募集の貼り紙を見て、「これだ」と思った。三ヶ月ぐらい黒板消しやゴミ棄てや草刈りやペンキ塗りの雑用をしたのち、チャンスを見計らって、「実は四階の文化センターで映画の仕事がやりたいんです」と管理人に申し出たのだった。

管理人は親方気質のおっちゃんで、最初は「あんな不良の溜まり場みたいなところにやるわけにはいかん」と言っていたのだが、諦めずに取り入っているうちに「よし、まかせとけ、わしが推薦してやる」と言ってくれた。管理人からの推薦だから、文化センターも無下に断れなかったはずだ。そういうわけで僕は文化センターで念願だった映画の仕事――アルバイトだけども――を得たのだった。当時、字幕製作の工房は「アテネ・フランセ」本体ではなく本郷にあった。映写技師派遣をしている有限会社「S」の一室を間借りしていたのだった。僕はもっぱら本郷の工房で仕事をしていた。文化センターには時々出入りするだけ。

有限会社「S」の面々はチンピラみたいでかっこよかった。ロックバンドでもやれば似合う感じだ。僕はそこで字幕製作をしながら、彼らから三五ミリの映写を教えてもらった。そして出張映写にもアシスタントとして同行するようになった。ワゴン車に映写機材一式を乗せて旅に出る。カー・ステレオで七〇年代のだらけたブリティッシュ・ロックを鳴らしながら……。「これだ、僕が望んでいた世界は！」と思った。

その仕事を始めてから二年ほど経った頃だと思うが、僕は文化センターのホール――日々映画を上映している――の前で、鳥飼文子さんと再会した。すぐにはわからなかった。すっかり変わっていたからだ。学生の頃はいつも清楚で可愛らしい感じの服――大雑把ですみません――を着ていたが、その時はしゃきっとしていかにも仕事帰りという服装――としか言い様がありません――だった。顔の印象もずいぶん違っていた。妙に落ち着いて見えるのは化粧をマスターしたからだろう。そして文子さんは難しそうな顔をした男と一緒にいた。デザイナーズ・ブランド風の嫌味なスーツを着ていて、ずいぶん歳の離れた人のように見えたが、たぶん恋人なのだろうと思った。僕はなんとなく文子さんは江村さんがパリから戻ってくるのを待っているような気がしていたので、ちょっと意外な感じもした。

文子さんは僕を見るなり、何か見てはいけないものを見てしまったような嫌な顔をしたと思う。でもそれは一瞬だけ。すぐに悪戯っぽい笑顔になって「ちゃんと大学は行ってるの？」と話しかけてきたのだった。「ちゃんと中退しましたよ」と僕は言った。

「やっぱりね。それで、今は何をしてるの？」

「実はここのスタッフなんすよ」と少し自慢げに答えた。

「えーっ、いつから？」

「だいぶ前からですよ。中退したのもだいぶ前」

「えーっ、私、ここでよく映画観てるよ。でも松圭くん見かけなかったよ」

「裏方ですから」

僕は文子さんに話したいことがいっぱいあった。文子さんに追い出された権田さんが僕のアパートに来て、それからあんなことやこんなことがあって、消えてしまって……。でも文化センターで文子さんを見かけたのは、後にも先にもそれ一回だけ。できればもう僕なんかと顔を合わせたくないと思ったのではないだろうか。「すずめ書房」や権田さんのことは、彼女にとっては忘れてしまいたいような恥ずかしい過去になっていたのだと思う。

それに文子さんは、なんと一発逆転に成功していた。外務省に勤めているということだった。一緒にいた人もたぶん偉い官僚なのだろう。文子さんはその偉い官僚に僕を紹介した。

「ほら、大学時代の、詩人の友達の話をしたでしょ。彼がその人」

「クッシッシ」と僕。

「どうも、詩人と出会えて光栄です」と官僚。

「彼はねえ、詩人になるために大学を中退したんだって」

「クッシッシ」

「こんど、ぜひ読ませてください」

「クッシッシ」

まあそんな感じか。とっても嫌味な紹介の仕方だった。文子さんのなかで権田さんと僕がごっちゃになっているのがわかった。僕は「クッシッシ」と卑屈に笑って、うしろ頭を掻くしかなかった。ここで文子さんは永久に消えてしまった。

――ところで、なぜこんなつまらないエピソードを紹介したのかと言うと、文子さんとの再会がなければ、権田さんが僕の居場所を知ることなどあり得なかったはずだからだ。

＊

権田さんと再会したのは、文子さんと再会したのが春だから、それから一年と三ヶ月ほど過ぎた頃だったと思う。文化センターの事務所と映像ホールがある四階の廊下の長椅子に、映画の上映日でもないのにどでんと座っている男がいた。権田さんだった。僕にとっては奇跡の再会だったが、権田さんはそこで待ち伏せしていたのだった。おそらく、何度も文化センターに足を運んでいたのではないだろうか。

夏の盛りの頃だったと思う。外回りをしてきた僕の顔は汗でぐちゃぐちゃだったはずだ。吹き出す汗の感覚をリアルに覚えている。「アテネ・フランセ」の古い建物にはエレベーターがなかった。今でもないはずだ。四階の文化センターには階段を使うしかないのだが、重い三五ミリ・フィルム——五巻物で三〇キロぐらいあるのではないか——を担いで階段を昇らねばならない映写技師は「まるでピラミッドを作らされている奴隷のようだ」と嘆いていた。権田さんもその階段をせっせと昇って僕を待ち伏せしていたわけだ。

権田さんは手に映画のチラシをいっぱい持っていた。チラシはホール前の棚に腐るほど置いてある。そのチラシを興味もなく眺めながら僕を待っていたのだろう。驚いた僕の顔をジロッと見ると、権田さんはそれらをゴミ箱に全部棄てながら「よお、元気か」と言った。何となく威圧的だった。

「おまえに用があってな」

久しぶりに再会した権田さんはとても小さく——もともと小さな人だったけれど——見えた。そして人相が変わってしまったような気がした。僕の記憶ではもう少し快活な印象だった。でもそれは、だいたい調子が良い時の権田さんの記憶しか残っていないからで、調子が悪い時の権田さんはむかしもこんな感じだったような気がしてきた。それにしても人相が悪すぎる。まるで指名手配中の凶悪犯のようだ。あるいは病人か。そうだ病人だ。やっぱりぜんぜん変わっていない。この人は確かにこんな顔をしていた。権田さんは「息苦しい」と言って外に出たがっていた——井の頭公園の鯉のようだった——のだが、僕はまだ仕事が残っている。「すみませんが」と言って、地下にあるカフェに権田さんを連れていった。

地下カフェ。

ああ懐かしい。

そこは僕の好きな場所だった。東京で一番好きだったかも知れない。大学生のころから、神保町辺りをうろついて疲れると、いつもそこに行って休んでいたのだ。紙コップのコーヒーが五〇円ぐらいで飲めるからだ。僕はアテネ・フランセの受講生ではなかったけれど、そんなことはわかりっこないのだった。バイト募集のチラシに遭遇したのも、神保町の古本屋を巡り、歩き疲れてその地下カフェに休みに行った時だった。

——ところで、カッコ悪い話だが、僕は当時パチスロに出会ったばかりで、その銅臭強烈な射幸心の誘惑にすっかりイカレていた。その日も仕事が終ったらスロットを回しに行くつもりでいた。だから権田さんとの再会もせいぜい一時間ぐらいでさらっと切り上げてしまいたかったのである。地下カフェにしたのは、仕事が残っていたこともあるが、外に出るとだらだらと「つもる話」などをして、そのまま居酒屋コースになりそうで、それが嫌だったからだ。どんなに嬉しい再会でも、射幸心にはかなわない。

ところがやっぱりこの人はメンドクサイ人で……。

「これを返しに来たんだ」と権田さんは言って、僕がむかし書いた一五篇の詩の紙束をテーブルに置いた。

「編集者にプッシュしてみたんだが、反応が悪くてな。あいつらアホだからな」

嘘だと思った。何もしていないはずだ。直感的にそう思った。でも、べつにそれでいいのだ。今の僕にとっては、権田さんがゴミ箱に棄てた映画のチラシの方がよっぽど大事だ。なんならその一五篇の詩を、権田さんの目の前でゴミ箱に棄てても構わなかった。

「おれは悪くないと思うんだが、まあしょうがねえよ。返すよ」

薄っぺらな紙の束が目の前にあった。

ブービーバードさんブービーバードさん
お空でけんかします
クリスマス島の
青いろのカニさん

おち葉はおいしいです
わたしはタアルの匂いが大好きです
セセリの蝶ちょさん
うすばのカゲロウさん
小窓のあかりは楽しいです
まくら木のそばのヒナギクさん
黄色の花ばながくすぐったいです
のら犬
かんでやれ
おまえにはヒツジ追いの血が流れているんだよ
わたしこのごろお化けみるんです
キックキック
トントン
こわくないもん

――寒気がした。僕は、自分が書いた詩をすっかり忘れていた。どんな詩を書いたのか何一つ覚えていなかった。それが目の前に置かれていて、嫌でも目に入って、妙にそれが生々しくて、気が滅入った。恥ずかしいと思った。こんなもののために、人生のうちで最も輝かしくあるべき時期を台無しにしてしまったのだ。

「権田さん、僕はもう要らない、これは」

「おれだって要らねえよ。でも棄てるわけにもいかないだろ」

「権田さんが棄ててください」

「やだよ」

「……」

「自分でやれよ」

――とにかく暑い日だった。アスファルトを引き剝がしたくなるような暑さだ。僕たちは地下カフェにいたはずなのに、地上のギラ付く太陽に感情をやられていたような気がする。なぜだろう。

それからの数時間は――まあ三時間ぐらいだったか――は、酷い、酷い時間だった。権田さんはまず僕の態度を攻撃してきた。

「おまえは人に何かをしてもらうことしか考えていない」

それは「すずめ書房」時代にまで遡り、そして短い共同生活のなかでのちまちました誤解にまで及んだ。ぜんぶ権田さん自身のことを自己批判しているのではないかと僕には思われた。どの口でそれを言うのかと。それがだいたい一時間。それから屋久さん批判に一時間、文子さん批判に一時間。罵詈雑言の嵐である。人格の完全否定だ。でもそんなことは僕にはどうでもいいのだった。もうぜんぜん興味がない。屋久さんも文子さん――彼女とはがっかりするような再会があったわけだが――も、そして権田さんもまた、僕にとっては楽しかった思い出のなかの人なのである。たかだか数年前の思い出ではあるが、そこには永遠に引き返せない亀裂があるように思われた。

「もういいです権田さん、もう勘弁してください。むかしのままじゃないんだ。僕もう権田さんとは同じ時間を生きてはいない……」

マトモじゃないと思った。権田さんの頭の中では時間が一気に巻き戻っている感じがした。今ごろになって、当時の彼が抱え込んでいた憤りをスパークさせている。見ていられなかった。権田さんの憤りはみっともない。「後の祭り」ではないか。僕にはそう思われた。正直キツいなあと。

「おまえらが忘れたふりをしていてもなあ、おれはずっと詩人やってんだ!」

机を拳で叩いて、権田さんは大きな声を出した。地下カフェが一瞬静まり返った。そして失笑が聞こえた。

「おれはずっと詩人やってんだ!」なんて大声で叫ばれても、知らんがな……。

＊

結局こういうことだ。権田さんは僕の一五篇の詩を返しに来たのではなかった。それは「ついで」だった。

権田さんは本当は金をせびりに来たのだ。

僕は不思議でしょうがない。権田さんの実家は金持ちのはず。なのにどうしていつも金に困っているのか。僕は金持ちではないので、金持ちの親やその放蕩息子が考えることはわからない。金持ちには金持ちなりの厳しい線の引き方があるのかも知れない。でもね、やっぱり親に泣きついてほしい。どれだけ惨めでも。

権田さんはやはり郷里に隠って詩を書き続けていたようだ。鬼太郎の「ちゃんちゃんこ」には魔力があって、ひらひら飛んで、鬼太郎のもとに帰っていくのである。その後も権田さんの詩は商業誌や新潟の新聞にちょこちょこ掲載されていたと言う。僕はもちろん知らなかった。それで、いよいよ第二詩集を製作する時期に来ていたわけだ。権田さんはそれをもう一度「すずめ書房」で作りたいと考えた。叢書の第二弾だ。そこで、かつての「すずめ書房」のメンバーに出資を呼びかけようとしていたのだった。青春復活か。無理だよ。

あり得ない話だと僕は思ったが、権田さんの怒濤の数時間の後では、やはり信じるしかなかった。権田さんは実際に屋久さんや文子さんと再会して、そこでおそらく、時間の残酷さを嫌というほど思い知ったのだろう。彼らから邪険に扱われて、腹の虫が治まらなくなったのだろう。屋久さんや文子さんにとってはいい迷惑だったろう。いや、迷惑以上に、恐怖を感じたはずだ。

「屋久とは二〇万円で話をつけた」

「マジですか？」

「あいつフジッーだからよ。都内にマンション買ってたぜ。ローンで。信じられるか？」

「文子さんはすっかり変わってたでしょう？」

「ああ、勝手に変わっとけよ。あいつは三〇万円だ。手切れ金のつもりだろ」

「マジですか？　脅迫したんじゃないですか」

「したよ。するさ」

「江村さんは？」

「おれはあいつが一番許せねえ。探してるんだ。パリから帰ってるはずだからよ。おまえ知ってるか？」

「大学に戻ってるんじゃないですか？」

「そんなの調べたさ」

「いませんか」

「いねえよ」

「実家は？」

「三重まで行けるかよ。おまえの田舎だろ。おまえが帰って探してこいよ」

怖い人だ。やっぱりマトモじゃない。僕は屋久さんや文子さんが本当にそんな大金を出資したとは思えないが、少なくとも権田さんの脳内ではそういうことになっている。そして僕にも出資を迫ろうとしているわけだ。

でも僕は一円たりとも出資しない、絶対にだ。むしろ返してほしいぐらいだ。七万円の貸しがあったはずだ。短い共同生活のなかで、権田さんは何だかんだと理由を付けては僕の金を巻き上げた。権田さんは少しも悪びれる様子はなかった。それぐらい当然だという態度だった。むかしはそれでも構わなかった。お金の使い道なんて、生活費以外は、古本を買うぐらいだったから。でも今は違う。僕にはパチスロがあった。それはとってもリスキーな勝負の世界だ。七万円は大きい。僕は軍資金に四苦八苦していたのだ。せいぜい一、二万円でしか勝負できない。七万円あればどんなに楽しめるか。でもこの男は自分の借金など完全に忘れているだろう。借金をしたという自覚すらないだろう。僕はだんだんムカムカしてきた。

「権田さんは自費出版というのが嫌なんでしょう？　だったら出版社に相談したらいいじゃないですか」

「嫌われてるからさ、おれ」

（……ほんとかな。単に相手にされていないだけなのではないか）

「喧嘩してんだよ、出版社とは」

（……何を大袈裟な）

「じゃあ自費出版するしかないじゃないですか。それが現実じゃないんですか？」

（……あんたの家は金持ちなんだろ。親に泣きつけよ）

「わかったようなこと言ってんじゃねえよマッケーよお。おまえは自分の現実だって見えていねえじゃねえか。おまえ何やってんだ、こんな学校みたいなところで」

（……親にも他人にも頼らずに生きていますよ。憧れだった映画の仕事をゲットして、充実した毎日を過ごしています）

――そう言ってやりたかった。でもそんなことを口にしたら、権田さんに余計な火をつけてしまうだけなのだ。僕は単刀直入に言った。

「言っておきますけど、お金ならありませんよ。バイトの身分ですから」

「おまえに二〇万も三〇万も期待してねえよ。一〇万でいい。おまえにはその義務があるはずだ。よく考えてみろ。おまえらさんざん人を利用したくせによ」

（……利用したのはあんたの方だろ！）

何が「義務」か。「どうか詩人を続けてください」「第二詩集を書き上げてください」などと権田さんに頼んだ覚えはない。

「それって脅迫ですか？」

「なぜ脅迫だと思うんだ？　そう思うのはおまえに疚しいところがあるからだろ？」

「違いますね」

「そうかな」

「違いますね。確かに江村さんたちは権田さんを利用しようとしたのかも知れない。でも僕は違いますよ」

「程度の差だろ、そんなの」

「いえ、違います。僕は一度も権田さんの詩が凄いとは思わなかった。そこが江村さんたちとの絶対的な違いですよ。だいたい僕は現代詩なんてわからないし、まったく興味がなかった。小説を書きたかったんですよ、僕は！」

そうなんだ。本当に。江村さんが凄い凄いって言うから、僕はきっと権田さんの詩は凄いんだろうなって思って。あの屋久さんが嫉妬するような才能がたぶん権田さんにはあって、あの文子さんが騙されても構わない、傷付けられても仕方ないと思うような魅力が権田さんの詩にはあって……。僕はその幻影を愛しただけなのだ。いや、愛したかどうかもわからない。僕は嫉妬さえしなかった。面白がっていただけなのだ。

「じゃあ書けばいいじゃねえか、おまえの小説とやらをよお。だいたいマツケーてめえ、おれが邪魔したことがあるか？」

（……邪魔しまくりだったじゃないか……）

「むかしの話ですよ、そんなの」

「だあーから何でおまえらは揃いも揃ってそうなるんだよ。今からでも書きゃあいいじゃねえか。おまえは小説が書きたいんだろうがよ。何がアテネ・フランセだ。そんなにフランスが好きなら日本人やめちまえよ！」

「ゴンさん、ゴンさん、ゴンさん、ゴンさん怒らないで聞いてください。権田さんが求めているものは、もうここにはないと思うんです。それはもうとっくの昔に、権田さん自身が棄ててしまったものではないですか。それを取り戻したい気持ちはわかるけど、そのために僕たちを巻き込むのは無茶だと思いますよ。なんとか一人で、どうか、やってください……」

「しょせん他人事か」

「ええ、他人事です。今となっては」

「最低だな。屋久や文子はそこまで最低じゃなかったぜ」

「最低でいいです。僕は」

「仲間じゃなかったのか、おれたちは」

「わからない……」

「じゃあなぜおまえはおれたちに関わったんだ！」

「それは、江村さんから誘われて……」

「おまえはぜんぶそれなんだよ。人に言われてとか、頼まれてとか。だからいつまでたってもダメなんだ。卑怯なやつだ。最低の最低だよ！」

その通りかも知れない。たぶん、その通りなのだ。痛い。痛いところを突いてくるのが権田さんの得意技だった。それでみんなやられてしまう。でもそんな攻撃は簡単じゃないのか。生きていれば、誰だって痛いところがあるよ。権田さんにだっていっぱいある。それは棚に上げているじゃないか。言い返したいことなら腐るほどあった。でもそれを口にし出したら、やっぱり権田さんのペースにはまるだけだ。自問自答の世界に引っぱり込まれて、最後は、自己批判で終るしかないのだ。そういう苦汁を僕は権田さんから何度も味わわされていた。忘れていた過去の嫌な思い出が幾つもよみがえるようだった。

——黙ろう。黙ってとにかくやり過ごそう。嫌な時間だと思った。せっかく再会できたと思ったのに、なんだこれは。

権田さんは振り出しに戻ってねちねちと僕を説教しはじめた。たぶんこれも一時間ぐらい続くのだろう。それからまた屋久さんや文子さん批判を繰り返すだろう。無間地獄だ。

「おまえらは自分が本当にやりたいことがわかっていないんだよ！　いったいおまえは何がやりたいんだ！」

権田さんが息の根を止めるかのように、問うたときだった。僕は条件反射的にこたえていた。

「……パチスロです」

そう言うしかなかった。今一番やりたいこと。それはパチスロ。

「パチスロする金があるなら、おまえ……」

権田さんは唖然としていた。

お、これは効いている。

僕は権田さんとの直接勝負を避けることができるかも知れないと思った。そうだ、パチスロ勝負に持ち込めばいい。もしパチスロがなければ、僕はさんざん罵倒された挙句に、権田さんから有り金をぜんぶ巻き上げられていただろう。そういうのが天才的に上手い人だから。ああパチスロがあってよかった。パチスロさん、ありがとう。

「権田さん、ぜんぜんわかってないですよ。賭け事ってのは、余裕のないところでするもんです。虎の子のお金で勝負してるんです。食うことに困ってもやめられない。そういうもんですよ」

「……ざけんな」

「じゃあこうしませんか。今から一緒にパチスロに行きましょう。それでもし勝ったら、勝った分は権田さんに出資します」

――さて、ここで僕が大勝ちして、そこそこのお金を権田さんにくれてやれば、この陰惨な物語も少しは気持ち良く終わることができたであろう。でも案の定、そうはいかなかった。僕は神保町のすずらん通りのパーラーで「パルサー」というカエルがキャラクターになっているパチスロを打った。一万円が二〇分で消えた。権田さんは、こんなもんのどこが面白いのかという顔で横に座っていたが、千円札が次々に消えてなくなると、絶望的な顔になっていくのだった。この人は、ひょっとしたら今夜のメシ代にも困っているのではないかと思った。仕方ないので僕は追加で一万円キャッシングした。それで、権田さんが横にいると集中できないから、「悪いけれど、どこかでちょっと時間を潰してきてくれませんか」と言った。キャッシングした一万円も二〇分で消えた。カエルのばかやろう。計四〇分で二万円が消えた。ああもう最悪の展開。

ぜんぶ権田が悪い。あいつは本当に厄病神だ。こんなことなら、有り金を巻き上げられるほうがマシだった。それなら一万円で済んだのに。ちくしょう。権田なんて知るか。たぶんどこかの書店で時間を潰しているはずの権田さんを無視して、僕はそのまま逃げるようにパーラーを出た。真夏の神保町の夜はべとべとしていた。

そこで僕が消えて、権田さんも永久に消えてしまった。

＊

僕は想像する。

パーラーに戻った権田さんが、僕を必死で探している様子。文子さんからも屋久さんからも邪険に扱われた権田さんが、僕のところまで来て、お金をねだって、惨めな思いをしながら、神保町界隈で時間を潰して……。パーラーに戻ってみたら僕がいなくて。一人で取り残されて。

まったく、最低の別れ方だ。

僕は自殺する権田さんを想像してみた。あり得ると思った。それから、すてばちになって、人を殺してしまう権田さんを想像してみた。これもあり得る。大袈裟かも知れないが、僕は権田さんに殺されるんじゃないかと思って、しばらくは文化センターには顔を出さないようにしていた。でもそれは考えすぎ。権田さんはあれっきり文化センターに来ることはなかった。僕の顔なんて二度と見たくなかったのだろう。あたりまえだ。

そして権田さんの第二詩集は出なかった。僕が知る限りでは今も出ていない。権田さんは死んだり人を殺したりはしなかった——たぶん——けれども、やっぱり、あの時に死んだのではないか。僕たちがよってたかって殺したのではないか。

「詩人になりたい！」

そんな素頓狂な夢を、かつての僕たちは権田さんに託そうとしたのではなかったか。少なくとも僕たちは、そういう素振りを一度は彼に見せたのだ。だから、僕たちには権田さんに期待し続ける義務があったのだ。嘘でもいいから。

そう、「嘘でもいいから」だ。

それは江村さんが口癖のように言っていた言葉だった。下品な言葉だ。バブルな言葉。権田さんはその言葉に踊らされていたのかも知れない。踊らされた詩人なんて最悪じゃないか。でもその最悪を権田さんはずっとやっていたのだ。やっぱりアホだよ。アホだけど凄いよ。その後、権田さんは江村さんと出会えただろうか。出会えていたらいいなと思った。江村さんなら喜んで出資したはずだ。出るかどうかわからないような第二詩集であっても……。

さて、殺されるかも知れないと思った僕は、仕事をサボって、久しぶりにアパートの一室にろう城していた。そして権田さんが返してくれた一五篇の詩を読んでいた。人前では恥ずかしいけれど、自分の部屋に持ち帰ってしまえば懐かしいのだった。権田さんは「おまえが棄てろ」と言った。僕に恋人がいたら、部屋に持ち帰る前に棄てていただろう。読まれでもしたらたいへんだ。でも恋人のいない僕は、棄てるどころか、その一五篇の詩を「なんとかしたい」と思ったのだった。「なかった」ことにするのは簡単だが、「あった」ことにするのはとても難しい。でもその困難を回避し続けていたら、僕はいつまでも「最低」のままではないのか。

僕はその一五篇を徹底的に改稿して、加筆や削除をして、自分の詩にしてしまおうと考えた。それらが自分の詩ではないように思えたのだ。権田さんが「添削」した痕跡はまったくないのだが、なんとなく半分は――いや、半分以上だ――権田さんの詩だと思ったのだった。言葉の一つ一つに、権田さんからの影響があるのではない。いや、そんなものは少しもない。少しもないように書いたはずだ。でも、詩を書く態度には権田さんからの強い影響があったのだ。この一五篇は、権田さんの影響がなければ、絶対に書くことがなかったであろう詩の群れだった。そこに引っ掛かった。引っ掛かったままでは嫌だと思った。

それはやはり、権田さんと後味の悪い別れ方をしたからだろうと思う。僕はひどい自己嫌悪に陥っていた。そして権田さんの罵倒の言葉――僕の弱点を正確に言い当てた――がいつまでも頭の中に残っていた。

「おまえは人に何かをしてもらうことしか考えていない」

「いったいおまえは何がやりたいんだ！」

言葉はまるでウィルスのようだった。自分の弱点をごまかすために、取り繕うために、僕は一五篇の詩と向き合ったのだろうか。あるいは反省するために？　そうではあるまい。もう逃げられないと思ったのだ。権田さんと決着を付けるしかないと思ったのだ。自分なりに、紙の上で。

ともかく、それが僕の第一詩集になった。権田さんから返してもらった一五篇は、最終的にはほぼ跡形もなく解体されていたと思う。僕はその詩集を『ロング・リリイフ』と名付けた。表題作はこんな詩だ。

「ロング・リリイフ」

地軸がずれてしまっている
恢復期と呼ばれる戦いのなかで僕はそのことに気付いてしまった
僕はすでに直立できない存在である　僕はこれまで一度も直立したことなどなかった
背中ごしに
邪視の恋人に指摘されてしまう
僕はハンミョウに似ていると云われた

遅い楽章ばかり集めて聴いている
シベリウスの　針葉が柔らかい部分に刺さって　室内に人肌の液が垂れている
恋人に窓を閉めてもらうまで　僕は曇天の迷彩を飽きもせず眺めていた
いつも迷走する飛行機雲が空を切り取ってしまう　恐ろしく強い白が僕の
恋人の失意を表明してゆく

心配性の恋愛について
僕はルーズリイフの地平に押し出されている　皮膚の深奥で

動力の唸りが音域を高く外れてゆく　激しく回転する
ドリル状の運動体を含有している　僕は直線上に展開されたいと思う
ハイスピードの等速運動にもまれ万物をたるませてゆくとき
溺愛の表出は必ず訪れる　と　聴かされた
内耳で
融合したまま僕たちは移動している
僕のおしりが暖かい

ロング・リリイフ
戦意の喪失を引き継ぐために
夜の日誌を僕はラ行で書きはじめる
樹脂で創られた落果が被さってしまう
華奢な影法師の　ささくれた切断面に沿って　瞼を縫合したいと思う
僕はもう何も生け捕りにはできない
マルケスの短編を音読したあとで　恋人は美しい溺死体を愛撫してしまう

地軸がずれてしまっている

ミルクなしで干涸びたケロッグを噛んで　苦い朝は遮光しよう
僕は女性的な意味に満ちている
月ロケットは仕方なく鈍角形をしてしまう　鉛筆の芯が折れる　謎も　折れたまま
手に触れるものすべて鬓々にくるまれていて紅潮する

恋人は柔らかく　いっそう丸みを帯びている
僕は過渡期のモンスタアを食べたのだ
昼の不確かな世界は　目覚めかけた魚たちの知性に支えられているのだと嘯く
温室の少年　腫れた唇を舌先でほぐして　そこに硬い序説を添えた
僕はもう怯えた小犬ではない
読み進めない古書の　哲理の糸を解いて　翼を広げてゆく紙にうっとりして
他人の爛れた凶器は可憐だと考えている

そうして僕らは　鮮やかなアクリル質の皮膜のなかで　日々の没落を暖めていた
その腐敗物は
恋人の夢の彼方で匂っている
熟れ落ちた柘榴なのだろう

僕はシオカラトンボの飛行に誘われるまま　ぬるい湿林に嵌まってしまう
切り取られた空のゆるまりのなかで　なおもゆるまってゆく
柘榴
親密な体臭に絆《ほだ》された溺愛の白雲がひかれてゆく　ぬるく　ほとばしる

絨毯爆撃がしたい

ロング・リリイフ
戦意の喪失を引き継ぐために
僕は無傷の卵巣を培養している

——それは日本の現代詩の歴史的現在を継投していく意志表明として受け取られて、詩の業界でそこそこ評価されたのだったが、そんな評価はどうでもいいのだ。僕は権田さんのことしか考えていなかった。権田さん一人を意識して作ったのだ。権田さんが『ロング・リリイフ』を読んで、これを僕なりのケリの付け方なんだと納得してくれて、許してくれて、もう脅迫しに来たり、殺しに来たりしないでほしいと願ったのだ。

僕は思い出す。

神保町や早稲田通りの、それこそ古本屋という古本屋に、権田さんが『海を見に行け』をばらまいた時のことを。あの時代は、東京中の古本屋の本棚に、『海を見に行け』が凶暴に突き刺さっていたはずだ。あれはまぎれもなく、権田さんが仕掛けた時限爆弾なのだ。そしてもう一つの時限爆弾、権田さんが残していった一五篇の詩は、確実に僕のなかで爆発した。だから僕は、今日に至るまで、二〇年近くも現代詩と格闘することになったのだ。

では、『海を見に行け』は不発弾だったのか。

それはまだわからない。

ひょっとしたら、それを偶然手にした一人一人の読者の内部で、すでに小爆発を起していたかも知れない。そして彼自身や彼の友人や恋人を海に連れていったかも。しかし、その程度の爆発で権田さんが満足するはずもない。二〇年後の今でも、『海を見に行け』は東京の古本屋の暗がりで大爆発の時を待っているはずだ。二五〇発もばらまいたのだ。そのうちの一発ぐらいは、権田さんの願いを叶えてやってもいいはずだ。

贈呈式の記念講演では、僕は結局ぜんぜん違う話をした。直前になっても自信のない僕を見かねたのか、先方の担当者が「三〇分程度で構いませんから」と言ってくれたのだ。僕は九〇分ぐらいで考えていたので、「あるゴダール伝」のような長いお話を準備していたわけだが、三〇分なら、ちょっとしたエピソードでしのげると思ったのだった。

受賞した四冊目の詩集を自費で作った時に、僕はこれで最後にしようと思った。子供たちも小学生になっていたし、これからもっとお金がかかる。とても詩集を作り続けられるような状況ではなかったのだ。そんな折りに母が死んだ。急性の白血病だった。僕は母の棺に自分が作った四冊の詩集を入れて一緒に火葬してもらった。僕はなんとなくすっきりしたのだった。もうこれでいいと。詩は終り。そう思っていたら、大きな賞に選んでいただいた。これは、もうちょっと頑張りなさいという母親からのメッセージではないかと思って、そんなお話を贈呈式ではしたのだった。

それから、淀川長治さんの話もした。恥知らずと思われるかも知れないが、僕は淀川長治さんの死と、母の死を自分の詩に接続しようとしたのだ。晩年の淀川長治さんは、「アテネ・フランセ文化センター」で「映画塾」という講義を定期的に開いていた。高齢の淀川さんが、四階の文化センターまでの階段を昇るのはほとんど命懸けだったと思う。それで、淀川さんの背中を押す付き添いが必要だった。それは男の子でなければいけなかった。僕はもう男の子ではなかったけれども、一度だけその任を命じられたことがあった。福岡に引っ込む前だったから、一九九五年だ。第二詩集を出した頃か。

僕は緊張していた。淀川さんの身体は小さい。でもその存在はとてつもなく大きい。僕はどうやって淀川さんの身体を支えたらいいのか戸惑った。強く押せば壊れてしまいそうだし、遠慮していたら頼りないだろう。恐る恐る背中を押す僕に、淀川さんはこう言ったのだった。

「あなたは愛情が足りません」

僕はゾクッとした。淀川さんはふざけて言っているのではなかった。厳しい顔をして、決然と言ったのだ。その一言で、僕は自分の存在のダメさ加減の何もかもが言い当てられたような気がした。淀川さんから唯一かけていただいた言葉が、「あなたは愛情が足りません」だ。ありがたい言葉だが、僕はかなり落ち込んだのだった。「愛情が足りない」ってどういうことなんだろう。僕は四階まで淀川さんの背中を押しながら、ずいぶん前に、権田さんからも同じ「アテネ・フランセ」で似たようなことを言われたことがあったなあと思い出していたのだった。権田さんが言いたかったこともそういうことだったのではないか。

「あなたは愛情が足りない」

とにかく、僕は愛情が足りない人間なのだ。淀川さんの背中を押していた頃、僕は二九歳だった。三〇歳になる直前に、自分には「愛情が足りない」と自覚できたことは、大きな、とっても大きな教訓になった。今でも僕は、自分が根源的に「愛情が足りない」人間だと思っている。その欠陥を見つめるために、家族を大切にしてきたつもりだし、仕事との両立がキツくても、いかに不遇でも、詩を書き続けてきたのだと思う。「すずめ書房」を引き継ぐかのように。そして権田さんの帰りを、惨敗のパチスロ店で待っていられるように。淀川さんの背中を上手に押すことができるように……。詩を愛し続けることだって、とても難しいことなのだ。くだらない使命感だけなら、とっくに棄てていたはずだ。

——まあそれはそれとして、受賞騒ぎもあっという間に一段落して、あれは何だったのかと思うと虚しいばかりだが、それで何が残ったのかと言うと、自信がなくてボツにした「あるゴダール伝」の草稿。それだけがポツンと残ってしまった。「権田さん、あんた、つくづく運がないよ」と僕は思ったものだ。だから「小説を書いてみませんか?」と誘われた時、ああもうこのチャンスしかない、ここで権田さん、一発逆転を狙おうぜと。「そんなもん知るかい」と権田さんなら言うだろう。権田さんでなくとも、無名詩人どもの青春なんて、小説としては「そんなもん知るか」の最低の題材かも知れない。最低でいい。その最低を僕はずっとやってきた。

受賞後、たくさんの祝電を貰った。遠い知人、古い友人、親族一同。しかし、「すずめ書房」の面々からは、何も連絡はなかった。

詩人調査

郵便はがき

301－0043

龍ケ崎市松葉6－14－7

株式会社 **航思社** 行

ご購入ありがとうございました。ご記入いただいたご意見は、今後の出版企画の資料とさせていただきます。また、お客様の住所やメールアドレスなど個人情報につきましては、小社の出版物に関する情報の案内にのみ利用し、それ以外の目的で使用することはございません。

フリガナ お名前	性別	年齢 歳

ご住所　〒

tel.　　　　　　　　　　fax.

E-mail

お勤め先（ご職業）

株式会社 航思社　tel. 0297-63-2592　fax. 0297-63-2593
◎ URL http://www.koshisha.co.jp　◎お問い合わせ info@koshisha.co.jp

愛読者カード

本書のタイトル

本書を何でお知りになりましたか

1．新聞・雑誌の広告を見て（紙誌名　　　　　　　　　　　　　　）

2．新聞・雑誌の紹介・批評を見て（紙誌名　　　　　　　　　　　）

3．書店の店頭で　4．人にすすめられて　5．案内チラシなど

6．インターネットで　7．その他（　　　　　　　　　　　　　　　）

本書の内容について

1．満足　2．普通　3．不満　4．その他（　　　　　　　　　　　）

デザイン・装丁について

1．良い　2．普通　3．悪い　4．その他（　　　　　　　　　　　）

値段について

1．安い　2．普通　3．高い　4．その他（　　　　　　　　　　　）

本書をお買い上げになった書店

書店名　　　　　　　　　　　　　所在地

ご購読の新聞

1．朝日　2．読売　3．毎日　4．日経　5．その他（　　　　　　　）

ご購読の雑誌・週刊誌など

本書に対するご意見・ご感想、今後の出版物についてご希望等をお聞かせください。

タクシードライバーをしておったんです。このご時世ですから、あんまり儲かってはおりませんでしたが、人の道を外さない程度には真面目にやってきたつもりなんです。それなりのプロ意識もありました。かれこれ一五年、無事故無違反ですよ。優秀ドライバーの表彰は何度もいただいております。それがあなた、一日にして失格ドライバーだ。

アルコール探知機というんですか？　あれが営業所に設置されまして、乗務前に必ずチェックしろと。センサーに息を吹き込んで、呼気中のアルコール濃度を計測するわけです。わたしなんて連日アウトですよ。息の吹き込み方を工夫してみたり、口臭関係のいろんな商品を試してもみましたけども、ぜんぶだめでしたね。探知機なんて言ったってあなた、安っぽいプラスチックの箱じゃないですか。あんなもん、ホント、あてになるんですかね？

コンプライアンスですか？　法令遵守ね。なんかへんな言葉が流行ってしまいましたね。

おかげですっかり不寛容な世の中になってしまった。ちょっと前までは昼飯時にビールなんてふつうに飲んでましたけどね。

――？

失業じゃないですよ。二種免許は失効してませんから、まあ、休業中ですか。そのうちみんなね、ガチガチでやっていくのもキツくなってくるんじゃないですか。コンプライアンスとかにも飽きるでしょう。あんな探知機なんてすぐに消えると思いますけどね。ドライバー仲間も多少はおりますし、営業所が緩くなってくれれば、また声をかけてくれるんじゃないかと。

――？

他の仕事？

あなたそれは、ちょっと違いますよ。わたしは仕事にあぶれてタクシードライバーになった口ではありません。わたしはねえ、仲間うちから「トラさん」なんて呼ばれているんです。『男はつらいよ』の寅次郎ではありませんよ。トラヴィスのトラですよ。マーチン・スコセッシの『タクシードライバー』。あなた観たことないですか？　わたしは郷里の高専にいた頃にあれを観まして、主人公のトラヴィスにすごく憧れたんですね。その頃からタクシードライバーになりたかった。

でもそれは言えませんよね。親とか先生には。だから高専卒業してから、とりあえず大学の文学部に編入しているんです。地元企業に就職なんてね、ほんと、嫌だった。とにかく逃げようと。それで編入試験にチャレンジしまして、東京の大学に合格できまして、嬉しかったですよ。上京さえしてしまえばこっちのもんですから、勝手に中退いたしまして、就職せずにふらふらして、親を十分がっかりさせてからタクシードライバーになったという次第です。

ですから最初に二種免許を取ったのが東京です。それから札幌、仙台。名古屋は半年持ちませんでした。合わない土地ってあるんですね。気質がね。それから大阪近辺は親族知人がたくさんおりますので飛び越えまして広島、で結局、福岡に居着いたわけです。それがもう八年前ですよ。結婚しましてね。子供も一人おります。女の子。もう小学生。ほんと、信じられないです。だから他の仕事なんてちょっと考えられません。いずれかならず復帰します。まあ酒を控えさえすればすぐにでも復帰できるんですけどね。

[redacted]？

妻は駅前でクレープ焼いてますよ。土日祝日ね。もう達人の領域。平日はチェーン店の指導員なんかも任されていますから、半分管理職みたいな感じですね。下手なタクシードライバーよりよっぽど稼ぎがいい。そりゃ当然ですよ。だってクレープはキツい仕事でしょう。狭いボックスのなかで一日中立っているわけですから。夏場なんて最悪ですよ。でもやりがいがあるらしいです。まあクレープにはクレープの世界があるってことでしょうね。

――――？

禁酒ですか？

まあねえ、まあ考えてはいますけども、今は下手すれば昼間っから飲んでますからね。むかしも夜勤明けの日は朝から飲んでましたんで、ぜんぜん違和感がないんですよ。でも禁煙にはチャレンジしたことがあるんです。最初にね、乗務員の車内禁煙という規則ができた時はアホかと思いました。だってお客さんはスパスパ吸うわけでしょう。どうしたって煙の臭いは残りますよね。アホらしくて禁煙なんてやってられるかと思っていたんですが、ここ数年になりまして、乗客にも車内禁煙に協力させろということになってきた。怖いですよね。

　それでさすがにわたしも何かしなきゃいかんと。最初はニコチンガム。ところがガムをくちゃくちゃやっているうちに、歯がぼろぼろになりましてね、歯医者に半年ぐらい通いました。それでガムはもう無理なんで、病院に行きまして、ニコチンパッチの一番大きいやつを処方されまして、貼ってみたのですが、パンチがないですよ。ガムはまだくちゃくちゃできますけども、パッチはバンドエイドみたいなもんですから。ね？　どうすりゃいいんですかと。この丸い絆創膏がわたしをどうにかしてくれるとはとても思えませんしね。
　それでパッチを貼ったまま煙草をスパスパ吸っていたわけです。ニコチンの二重摂取ですよ。それでパッチを貼った肌が腫れてきた。かぶれてしまって痒い痒い。パッチは円形ですから、かぶれた後が蛸の吸盤みたいになってきて、毎日貼る場所を変えますので、両腕や胸や背中に蛸の吸盤がいっぱいできて、いったい何の病気かと思われますよね。見た目からして気持ち悪いのでやめてしまいました。
　そういうわけで禁煙は失敗です。でもね、車内禁煙はちゃんと守っていたんです。それぐらいのプロ意識はありますから。まあ吸いたいときは車外で吸えばいいわけですしね。だから勤務中の喫煙量は自然に減りました。ところがその反動で、帰宅してからはひたすらチェーンスモーキングですよ。家族にとってはたまらない話ですよね。

？

酒ね。

増える一方だね。

あかんね。

この一五年、毎日飲んでますよ。

わたしらの稼業は生活時間がぐちゃぐちゃになりますんで、一人で家にいることが多いんですね。だからやっぱ飲んじゃいますよね。今は仕事してませんから、そのかわりに家族団欒ね、ちゃんとやってますよ。結局、夕食時にビールでリセットする感じですか。食後に酎ハイ。これはまあ感覚としてはお茶とかジュースの類いですね。で、子供を風呂に入れて、寝かしつけて、洗い物を時々手伝って。それから妻とTV。ニュースとかお笑いね。

だから本格的に飲み始めるのは零時以降ですね。ワインのフルボトルなんて「ヤクルト」みたいなもんで、毎日一本が基本ですけども、それじゃあ足りない。最後はドロドロのウイスキーとかバーボンとかです。薬臭くなくて、パンチのあるやつ。日本酒もあれば飲みます。

あればね、とりあえず何でも飲みます。焼酎は冬場だけですね。お湯割り。でも麦は好きじゃないんです。焼酎のお湯割りなら芋に限ります。薫りですね。根菜の薫りがしますので。麦焼酎やウォッカやジンはどこかやっぱり薬臭いんです。でもあれば飲みますよ。貰い物とかですね。結局ぜんぶ空になります。

タクシーの仕事は朝八時から深夜の二時までが基本シフトなんですね。洗車や納金作業がありますから、家に帰れるのは明け方の五時ぐらいです。ビールをちびちびやりながらニュース番組とか通販なんか観てますと、妻や子供が起きてきます。朝食が肴になります。ですから、酎ハイを飲みながら子供が学校に行くのを見送る感じになりますか。それから妻が仕事に行く。一人になりますね。そこから本格的に飲み始めます。ちょっと前まではそんな調子だったんです。結局ね、眠れないわけですよ。朝も夜もね。アルコールなしでは一睡もできません。

[redacted]?

いやほんと眠れないんですよ。多少は強迫観念的な要因もあるとは思いますけども、ダメですね。睡眠誘発剤を処方してもらったこともありますよ。「マイスリー」とか言うやつですね。5ミリグラムの小さな錠剤です。効かないですよ。それでやっぱり飲むでしょ? 「マイスリー」をアルコールで溶かすというね、もう最悪ですよ。それで「マイスリー」は妻が隠してしまいました。棄てたのかも知れない。どうでもいいですよ。べつにあんなもん要りませんから。

[redacted]?

なんせ毎日です。だから健康診断の血液検査の数値は凄まじかったですよ。毎回「要治療」ね。保険組合からの紹介状が同封されているんです。それを持参して医療機関に行けと。一度だけ国立医療センターに行きましたが、治療というより説教でした。結局、生活習慣を改善するしかないわけですね。でもねえ、何時間も待たされて診察はたった三分。しかも説教だけですよ。

「どうしますか？　とりあえず血、採っておきますか？」

それで頭に来まして、ふざけんなと。治療しろと。診察室で大声を出してしまいました。せっかく来たんだから、薬の一つぐらい処方してみろと。

「数値だけで判断すれば、あなたは急性膵臓炎です」

「じゃあ急性膵臓炎でいいから、診断書にそう書いてくれ。ほんで、なんでもええから薬くれ」

「あのですねえ、急性膵臓炎というのはかなり重篤な状況で、まず立っていられないはずなんです。そんな診断書を出したら、あなた、明日から仕事に行けなくなりますよ」

お医者さんは全部お見通しなんですね。血液検査の数値だけで、その人がどんな生活をしているのかおおよそ見当がつくという。嫌なもんです。

「とりあえず通常勤務可にしておきますから、これを機にお酒の量をですね、頑張って減らしてみませんか？」

先生、ため息混じりにそう言いました。どうせやる気ないだろうって思ってるんですね。まあその通りなんですけども。だから不毛な診察ですよね。お医者さんにも悪いんで、あ

松本圭二セレクション 7

栞
二〇一七年十二月
航思社

「奴隷の書き物」の書き方について――金井美恵子

それを座右の銘と言うかどうかは、問題がある。手紙の脇付《わきづけ》としては「座右」という言葉は、直接相手を指すのをはばかりつつ敬意を表わす言葉なのだそうだが、普通には、身近な所や自分の傍らのことだろうし、「座右の銘」であれば、常に心にとめておいて自分への戒めや励ましとする言葉、という意味なのだろうから、たとえば、今、机の上の眼の前の壁にピンでとめてある新聞の切り抜き――いつか引用してやるつもりで貼っておいたのに機会もないまま年月が過ぎて紙はやや茶色に変色しているが、煙草を吸わなくなった後に壁面に貼ったものだから、空気による酸化の変色で、この茶色には、かつてのようなヤニのエッセンスは含まれていない――には「朝日12／3」という日付けが赤鉛筆で書き込まれているのに、何年なのかが書いてないのだ。

切り抜きは追悼文で、文化欄に二人の書き手（社会学者の上野千鶴子「経営に文化の花」と、詩人の藤井貞和「まっとうな詩人の声」）は「辻井喬（堤清二）さんを悼む」のである。その隣りには、これも、何かのおりに、フン、という否定的な例として引用するつもりで切り抜いて貼っておいた、誰かの何かの文章をケナす時は、その何倍かの褒め言葉を同時に書く、といった意味の丸谷才一の言葉（というより生き方と私には見えるのだが）を引用して心底感服する「天声人語」だったけれど、引用してもつまらない気がしてかなり以前にゴミとして捨ててしまった。

藤井の追悼の冒頭に、〈最後に『死について』（二〇一二年）を残した。〉と書いてあるので、この追悼は二〇一二年の十一月末に書かれたとも考えられるが、むろん、はっきりした記憶があるわけではないし、調べてみる気もないので、この小さな記事は机上の壁面で五年間棚ざらしになっていたことにしておこう。

　ところで、藤井貞和（詩人）は辻井の〈しごと〉には〈戦時下の国に命を捧げさせられた若者たち〉の〈声を聴き取るという基本姿勢がある〉と書く。〈辻井さんの詩からは、普通の詩人の普通の声が聞こえる。いま、どこかがおかしくなっている現代及び現代詩の袋小路で、まっとうな詩人の声に切実に出会いたい。辻井さんに過酷な実業人生があったとしても、その奥に普通の詩人の普通の声が目指されていたと、はっきり認めることができる。〉というもので、一読、長い間ほとんどの詩に対して、「ところで詩はお好きですか？」とクマのプーさんに質問されて（むろん、共通の話題を見つけられない相手に対して、プーはそう言葉を発する）、「それが、一向になんですのよ」と答えるルーの母親のカンガ的状況にいた私でさえ、〈普通の詩人の普通の声〉という言い草に怒りを覚えたのだったが、社会学者も詩については「一向に」だったらしく〈文化人・辻井喬〉について、財界人はほとんどその名を知らないと本人が苦笑気味に言っていたことを思い出し〈財界人がいかに本を読まないかの証拠でしょう〉と語っていて、本を読まない

2

という証拠が必要であるならば、財界人の口から、どんなタイトルや作者の名が出ようとも、それは常に読んではいないがということだけを語っているのだから、得々として例として挙げることはないし、第一、財界人ではなくとも、誰が堤清二の詩を読む？　むろん、自伝的通俗小説もだが。

　と言うわけで、『松本圭二セレクション』の月報原稿依頼を受けた時、私は、いよいよ切り抜いておいた記事を引用する機会が到来したと、変色した新聞紙を、喫煙者だった頃ならば、新聞紙の変色よりなお何倍かの茶色度をベタベタとまとわりつかせていたはずの白いプラスチックの画鋲を外して、机上に置く。普通の詩人？　程度はどうであれ、詩人はキチガイじゃなければ読んでも面白くない、と私は思うのだ。むろん、ニーチェではないのだから、体や衣服から異臭を放っていたという晩年のヘルダーリンとつきあいはしないし、デュマのように、友人のネルヴァルが自殺したパリ暗黒街のいかがわしいホテルのあった場所を特定しようとも考えないだろう。もちろん、それははるかに響きあう言葉なのだから、読むだけだ。それが現代詩であれば、キチガイと言い得る稲川方人の文章が投げ込みの栞に入っていることでそれがキチガイ的詩的空間であることを伝えているような詩集なのだが――

　正直に言えば、私は松本圭二の詩や小説よりも（と言うのも無礼な言い方かもしれないが）、「NFCニューズレター」（二〇一〇年四月、五月）に、〈松本圭二／福岡市総合図書

ニワ先輩は「左翼批判」的な散文を書いた。正義ヅラした左翼教師がニワ先輩は嫌いだった。レノンのくせに。半魚はコンビナートの詩を書いていたと思う。モダニズム風の詩だった。題名は覚えていないが、遺書のような痛い言葉がクールに並んでいたと思う。僕の詩の原点はそれだ。半魚はその後、大学受験を無視して単身アメリカに渡った。

僕はその同人誌「暁鐘」に映画評を書いた。ショーケン主演の『誘拐報道』だ。それを中日新聞主催の試写会で観ていた。『傷だらけの天使』を再放送で観て心を抉られていた僕には、『誘拐報道』はたまらなく泣けた。最後の、逮捕前のシーンでショーケンは瓶の牛乳を飲むのだった。それは『傷だらけの天使』のオープニング・クレジットと被る。その感動を、どうせ誰も判らないだろうと思いながら僕は書いたと思う。

3 「27号室」

早稲田にはアホしかいなかった。教師も学生もみんなアホだった。アメリカに行った半魚は正しいと思った。僕は授業には出ず、早稲田通りの名曲喫茶「あらえびす」でひたすら本を読んでいた。古本屋で買った「ユリイカ」「現代詩手帖」のバックナンバーやポストモダン系の思想書だ。

ロラン・バルトの『明るい部屋』を読んでいた時、早稲田の上級生らしき男に声をかけられた。沼田と名乗る男は、僕を「フランス文学研究会」に勧誘した。

「仏文研」は旧学生会館の五号室にあった。その五号室こそが、僕の早稲田での唯一の居場所となった。まず酒を覚えた。それから女。仏文研には金沢大学から潜り込んだ女がいて、そいつがマドンナ的存在だった。同棲しようと何度も誘われたが、めんどくさいので逃げ回っていた。

僕は半魚の影響で詩を書くようになり「ユリイカ」に投稿していた。選者は松浦寿輝と朝吹亮二で、僕の詩はほとんど掲載された。でも仏文研の連中にはひた隠しにしていた。現代詩なんて、馬鹿にされるに決まっているからだ。フーコー、ドゥルーズ、デリダ。もうそればっか。マルグリット・デュラスさえ小馬鹿にしている連中だった。

オノ君が五号室に来たのは秋頃だったか。彼は仏文研への入部を希望したのではなく、僕に会いにきたのだ。

「詩人会を復活させたいんです」と彼は言った。

「早稲田詩人会」は歴史のあるサークルだったが、七〇年代後半に自主解散していた。八〇年代前半に一時期復活したようだが、それもすぐに消滅している。自主解散や消滅にはそれなりの理由があるだろうと僕は思った。彼らなりの聡明な判断があったはずだ。それを知らないまま復活させても歴史は繋がらない。

切断面を繋ぐのが復活の条件ではないのか。

「二七号室に、詩人会のロッカーがあるんです」

「ここの、学生会館にか?」

「ええ。そのロッカーの中にヒントがあると思うんです」

「27号室」。それはかつて早稲田詩人会が刊行していた同人誌の書名だった。

「早稲田詩人会」の復活とは、「27号室」の復刊と同義なのだ。ならば、学生会館二七号室こそを奪還せねばなるまい。そう考えた僕は、映研だったかシネ研だったかが独占していた二七号室に潜り込み、復活「詩人会」との共同使用を模索したのだったが、スパイ扱いされ、そこそこの糾弾を受け、出入り禁止となった。

もうこうなったら、仏文研の五号室を共同使用するしかない。僕は沼田さんに直談判し、もしよかったら、沼田さんも何か書きませんかと、詩人会に誘ったのだった。沼田さんは何も書かなかったけれど、五号室の春からの共同使用には同意してくれて、詩人会は五号室で復刊「27号室」を三号ぐらい作った。僕はそれに武満徹論とか片岡義男論とかを書いた。だけど、復活した詩人会も「早稲田祭」までのおよそ半年で消滅してしまった。消滅させたのは、たぶん僕だ。

4 「重力」

第一詩集刊行後、北爪満喜らと共に「Kiss and Tell」という同人誌を作った。可愛らしい響きがする誌名だが、「暴露する」「裏切る」という意味だ。僕が名付けて、一号で抜けた。なんか上品だったたから。僕は同人誌に恥ずかしいものや汚いものを求めていた。第二詩集刊行後、北條一浩らと共に「bianco」という同人誌を作ったが、それも一号止まりだ。やはり奇麗すぎる。セルフ・プロデュースでしかない同人誌は、自らでは塞き止めようのない感情の垂れ流しの成果物であって、つまり糞尿のごときであるべきだと僕は思っていた。

第三詩集刊行後、鎌田哲哉と名乗る男が僕の勤める福岡の図書館にやってきて、新雑誌に参加しないかと求めてきた。「重力」という前近代的な誌名だった。ダサい。ダサ過ぎる。僕は「重力」のそのダサさにこそ期待した。期待通り「重力」はもう若くない男ばかりの集まりで、グッダグダで、喧嘩ばかりしていたように思う。そして僕以外のメンバーはみな「同人誌」という言葉を嫌っていた。まあ「仲間うち」的な閉じた印象があったのだろう。

しかし、書物とはそもそも「ある閉域」を仮構するものであって、表紙やページを開くのは読者なのだ。いかに優れた閉域をプログラミングできるか。キュレーションできるか。それはセンスの問題ではなく、知性と政治性にかかっている。『重力』は二号で消滅したが、三号は僕が責任編集をすることになっていた。これも、僕が潰したのだ。

「同人誌をバカにすんな!」
「自費出版を恥じるな!」

小説「あるゴダール伝」と「詩人調査」のテーマはほぼその二つである。この二作品には、自分が過去に関わった同人誌や映画製作、サークル活動等の記憶が色濃く反映している。短い付き合いとはいえ、そこには多くの仲間がいた。ようするに僕は僕なりにちゃんと青春をやっていたわけだ。

恥ずかしいが、その言葉が決め手となった。

男子校の吹奏楽部は木管楽器、とりわけクラリネットを選ぶ人間が足りず、小編成ですらまともに組めないのだった。そのため、夏の「全国吹奏楽コンクール」には出場できず、秋の「アンサンブル・コンクール」にだけ金管五重奏で出場していた。でもやっぱり夏の大舞台に立ちたいのだ。そのためには最低三人、クラ吹きが必要。僕がその三人目となった。男子校出身の人はたいてい、女子との接点がなかったと言う。でも僕は違った。ニワ先輩の言葉は本当で、他校との合同練習や合同合宿で僕は女子からいじられまくった。だって初心者だから。ありがとうニワ先輩。

ところでニワ先輩は、打楽器担当だが、全体練習が終わるとドラムを叩いていたり、エレキギターを弾いたりしていた。吹奏楽部は軽音楽部を兼ねており、クリスマスのチャリティー公演等様々な機会に、吹奏楽にアレンジされた歌謡曲やロックのヒットナンバーを演奏しなければならないのだった。そこでニワ先輩は大活躍した。ジョン・レノン似の眼鏡男だったが、彼はある意味、僕が最初に出会ったヒーローかも知れない。

「同人誌に参加しないか」

ニワ先輩から誘われたのは高校二年の秋だった。三年生の彼はすでに上智大学に推薦合格していた。暇な半年、何かを残したかったのだろう。聞けば、彼の担任の国語教師と、市内の私立女子高の文芸部顧問がなにかの集まりで懇意となり、二校混合で同人誌を作ろうという話になったとのこと。先にも書いたが僕の高校には文芸部がないので、

6

国語教師はニワ先輩に話をふったわけだ。

「ドウジンシ?」

「ああ。だから学校は関係ないんだよ。学校のために書くんじゃない。教師の評価なんてどうでもいいヤツだ。好きな事を書けばいいんだ」

女子校からは文芸部の三人。男子校からはニワ先輩と僕。あと一人足りない。

「誰かいないか?」

「いますよ。図書室の主の、ヒラノ」

「半魚か?」

「ええ」

「半魚も入れるか?」

「半魚も入れましょうよ。ヒラノは才能あるよ、たぶん」

女子校の文芸部の女子は三人とも頭が悪そうな女で、僕はブスだとは思わなかったが、ニワ先輩的には全員ブスでアホで、騙されたと嘆いた。僕は自分のことはどうでもよくて(自信があった)、半魚が書くものを読んでみたかった。同学年で唯一、一目置いていたやつだ。こいつには何かがあると。

ミーティングは国語教師行きつけの喫茶店だった。そこでどんな話をしたのかはもう覚えていない。ニワ先輩も半魚も女子とは縁がない青春を送っていたので、いざ対峙すると気後れしてしまうのだった。それは女子側も同じで、気持ちの悪いモジモジ時間が続いた。結局、僕と国語教師が仕切るしかないのだ。感想文や回想文はやめよう。創作と批評で勝負だ。僕はそう言った。

め、受験勉強をまったくする気がない五人が集まった。シナリオは僕が書くことになっていた。それが最初に書いた作品だ。

ある日、廃工場（僕が通っていた中学校の隣にはコンニャク工場の廃墟があった）で五人の偏屈（ひねくれ）仲間がピストルを見つける。玩具かと思い一人が撃つ。本物だ。シリンダーの中にはまだ実弾が五発詰まっている。これを使って何をするか。まあそういう設定だった。中学生だ。話は簡単だ。五人が一発ずつ嫌いなヤツを殺していくのだ。といっても嫌いなヤツが撮影に協力してくれるはずもない。

僕たちはそれぞれ嫌いなヤツの似顔絵を書いた。その似顔絵を撃ち殺す。簡単なことだ。射撃のカットの次に、びりびりに破れた似顔絵を撮ればいい。編集なんてする必要もない。実際、編集の技術などなかったので、いわゆる順撮りで撮影している。出来上がったへったくそな映画を観て、僕らは大爆笑した。これは絶対ウケると思った。でも仲間の何人かが、ビビりだした。絵の上手い下手はあるが、五人が書いた似顔絵は嫌いなヤツの顔の特徴がそれなりに強調されており、それが誰であるかが明らかに特定できてしまうのだ。「これ、ヤバいんじゃないか」という雰囲気になって、みんなで話し合い、文化祭での上映を見送ることにしたのだった。

激怒したのは担任の体育教師だ。僕はこいつが大嫌いだった。当然、僕が似顔絵で撃ち殺したのもこの男だ。男は言った。「おまえら無責任すぎる」と。「受験で忙しい級友が、おまえらに文化祭の出し物を託したのだ。それを途

5

中で投げ出すなんてあり得ない」と。わかったよ。じゃあ上映してやろうじゃないか。そういうわけで僕は映画『ピーストール』を教室内に引き込んだ大型TVモニターで上映したのだった。結果は大盛況だ。二〇分程度の映画を、一時間おきで上映したが、噂が噂を呼び、最後の回なんて凄かった。でも学校側はこれを問題にした。当たり前だ。結果、僕は高校受験に失敗した。これも当たり前。そもそも受験勉強を小馬鹿にしていたのだから。

2　「暁鐘（ぎょうしょう）」

家から片道一時間半かかる男子校に僕は行くことになった。教室に入ると歯クソの臭いがした。目つきの悪い連中が「やってられるか」という態度でそこにいた。僕は絶望的な気分で彼らを心の底から軽蔑していた。そう、僕だって生意気で嫌なヤツだったのだ。部活は文芸部に入るつもりだったが、男子校にそんなものはなかった。遠距離通学ということもあり、部活を諦め、ひたすら暗い高校生活に耐えることにした。

そんな僕に声をかけてきたのが二年生のニワ先輩だった。中高一貫コースに在籍しており、校内でも指折りの優等生だった。「吹奏楽部に入ってくれないか」

「クラリネットを吹いてくれないか」ということだった。クラリネットなんてオーパッキャマラオぐらいしか知らないし、みっともない楽器という印象しかなかった。「君は知らないだろうけど、クラリネットの男子はモテる」「他校のクラ吹きはほとんど女子だから」とニワ先輩は言った。

ようとして、妙にはりきる人間がいる。もう九〇六回も続いている「折々のことば」という朝日新聞朝刊の小さな連載コラムで、二〇一七年十月十八日、私は〈お父さんだってな、詩人だったんだ　松本圭二〉と引用されているのを目にする。「折々のことば」の書き手鷲田清一は〈たぶん「詩人だった」とは思っていない。自分が在りそこなってきたという想《おも》いの中にこそ〈詩〉は立ち上がると信じている。〉と、詩のことも詩人のことも松本圭二のことも何も知らない朝の読者たちに向って解説する、というか教えてやる。おおきなお世話だね。

小説は松本の書いたものの中で〈奴隷の書き物〉であるだけに、琴線的には引用するのにふさわしいのかもしれない。

ところでその〈奴隷の書き物〉を長いこと続けてきもしたし、他人のそれを読んできた者としては、松本の小説のカギかっこと行変でつながっている会話の部分が、フィルムが主役のエッセイや詩作品に比べてダサイというか弱い気がして苛々する。『詩篇アマータイム』や『ロング・リリイフ』の会話の形で書かれた部分の持つ、甘やかな暴力として耳を打ついきいきとした音＝雑音＝騒音性が、「小説」という形式をかりにとっただけで、こうも説明的に平凡になってしまうものなのか。それだけ「小説」は詩人の言葉を気の抜けた奴隷にしてしまうのか、何かもう少し違う書き方があるはずで、もちろん、松本圭二にはそれが出来るはずなのだ。「小説のバラッド」に自身が書いているように〈出来が悪いからこそ、まだ可能性があるように思〉えるのなら、〈僕はいつかまた、小説が書けるかもしれないと思〉うことは正しいと信じたい。

〈アーキビスト〉としての痛切な経験の持つ、そう、今、思い出した言葉だけれど、散文性を生きなければ、奴隷の書き方から読むべきほどのものは、あれらの詩のように生成することがないだろう。（小説家）

著者解題　ラブ&――松本圭二

ー『ピーストール』

映画を撮ろうと思ったのは、後にも先にも中学三年生の頃、一回きりだ。金持ちの友人が家庭用のビデオカメラを手に入れた。むろん親の持ち物だ。そいつを借りて、文化祭に向けた映画を作ろうというわけだ。受験勉強に忙しい連中からは、勝手にやってくれという感じだった。僕を含館・映像資料課映像管理員〉として書いた文章を愛しているかもしれない。『セレクション』月報に書きつづけている「著者解題」にくらべても、「ニューズレター」の文章には痛切な何かが、おさえた調子で語られるのだが、もちろん、松本は普通の映像管理員ではないので、『ドレミハ先生』という途中一巻の欠落したフィルムの復元作業を通して〈肝心な起承転結の「転」にあたる部分と、痛切な「出来事」が失われていることになる。アーキビストである私は、この取り返しの付かない喪失に悶え苦しむわけだが、同様に、映画の方にも、生徒全員からの大切な贈り物を失ってしまい途方に暮れる子供の姿があるわけで、この二つの喪失感が重なった時、なんとも言えぬ感情がわきあがってきたのだった。〉と語り、また、アニメーション『バクダット姫』のNFCの常石史子との復元作業について書く。二〇〇四年、新たに発見された〈福岡版〉が完全版であれば〈大いにその価値は認められるだろう〉に、それは〈再編集短縮版〉で〈せいぜい十一分程度の新発見なのだ〉が〈とは言え駒数に換算すると〉一万五千八百四十駒もあり、その数だけの画を当時のアニメーターは描いたはずで、そう考えるなら十一分の価値は重いが、〈またこの作品は「日本初」の長篇アニメではな〉く、〈戦後初〉で〈なんとも中途半端な印象〉なのだ。それを松本圭二はどのような経験として語っているか。おさえた怒りにユーモアが張りついている。

3

松本の文章の中では、特別な響きが賦与されているとは言え、詩人や小説家〈奴隷の書き物〉をする者のことだろう〉とは別の不自由さに輝く〈アーキビスト〉として松本は詩人だったり小説家だったりするようには、自分が主体や主役になるわけにはいかないので――主役は、ズタズタだったり何かが脱け落ちていたり、傷ついていたりする、存在が知られてもいなかった〈新発見〉されたフィルムだ――そこには一種の老練な、技術＝読むという〈アーキビスト〉としてのエクリチュールの官能的な苦痛が生じ、そのスリリングさは、たとえば、ジャックはジャックでも、あのリヴェットなどではなくジャック・ロジエの映画の一種のさわやかさを思い出させるのだが、『松本圭二コレクション8』の栞の著者解説「小説のバラッド」を読むと、福岡県総合図書館・映像資料課という職場の凶々しい役所体質の陰惨な嫉妬深さの実体が語られていて、「NFCニューズレター」に、『神のいない三年間』という佐藤忠男が紹介したフィリピン映画のオリジナルネガがどうしたこうしたといかにも田舎者めいた退屈な文章を書いていた主任学芸主事という存在が、いかにも納得できるのである。人は、良くも悪くも、等身大にしか書けないし、等身大にしか読めないし、見られないのだな、と陰気になって思ってしまうほどだ。

何も等身大に、普通の者として書いたり読んだりする必要などありはしないのに、鈍感な琴線に響く言葉を見つけれ以来「要治療」が来ても無視しています。

？

自覚症状ですか？

まあ強いて言えば匂いですか。

酒の匂いじゃないですよ。そんなのは毎度のことで。もっと違う匂いですね。ワキガでもない。加齢臭とも違うように思うんです。とにかくね、へんな匂いがするようになりましたね。臍の穴からね。あれは何でしょうか？

みんな？

でも女の人の臍の穴は臭くないですよ。

程度の問題？

いやそれはあなた、違いますよ。臍の穴を軽く見たらいけない。わたしの同僚でね、動脈瘤が破裂して死んだ男がいるんです。その男がやっぱり臭かった。死ぬ前の数ヶ月。臍の穴からかどうかは知りませんけど、体全体にへんな匂いが漂っていたんです。タクシーのなかも臭かったらしいですよ。気付かないのは本人だけでね。だから臭いと思ったら「おまえ臭いぞ」と、ちゃんと言ってあげないと。死んでからでは遅いですもんね。わたし、反省しましたよ。だから程度の問題で片付けちゃいかんのです。

?

わたしは自覚していますよ。しょっちゅう綿棒使って洗ってますよ。

?

嗅いでみますか？　臍の穴。失神しますよ。体臭というより刺激臭だね。腐臭に、化学臭が混じっている感じですか。ツーンと来るようなね。まあ判りやすく言えばですね、臍の穴から毒ガスが発生していると。だいたいそんなイメージでいいですよ。

でもね、これがね、わたしにとってはなんとも懐かしい匂いなんですね。臭いけれども懐かしいという。そりゃ自分のカラダの匂いですから、懐かしくて当たりまえとも思いましたけど、そうじゃなくてね、どこかで嗅いだことがあるような気がしてしょうがなかったんです。

それで「ユーチューブ」にハマりました。

ちっとも思い出せないんですね。匂いの記憶がね。思い出せそうな気がするのに思い出せない。もどかしくてイライラするでしょう？　ヒントが欲しいですよね。子供の頃の写真があればと思ったんですが、実家から取り寄せるわけにもいかんでしょう？　長いこと不義理にしてますから。

「臍の穴から毒ガスが発生して、動脈瘤が破裂するかも知れないから、むかしの家族アルバムを送ってくれ」

　言えますか？

　絶対言えないですよ。でもこっちは命に関わる問題じゃないですか。それで「ユーチューブ」の古い動画のなかにヒントを探しに行ったわけです。一九七〇年代から八〇年代前半ぐらいまでの懐かし動画ね。酒を飲みながらね。もうグッダグダですよ。グッダグダ。

　それで、あの、いいですか？　この話続けて。あのね、結局ね、沼の臭いだったんです。奇跡的に思い出せたんですよ。

[redacted]？

　きっかけはＵＭＡの動画です。未確認生物ね。わたし、好きなんですよ。好きというか、まあ何かと気になるところがありまして、それでＵＭＡを検索していたらＮＵＭＡに行きついたという。駄洒落じゃありませんよ。必死ですよ。

――？

たぶん郷里の、高速道路の近くの、国有林だと思います。小学生のころ、よく友達とその国有林を探検したんです。虫を捕ったり、小さな沢でカメを捕ったり。探検ですから、林道から外れて、ケモノ道を行くわけです。まあ実際は作業道ですよね。たぶん電力会社の作業員が保守のために作った道だと思います。当時はケモノ道と呼んでいました。見慣れた道だ。その道筋を歩いてゆくと、だんだん細くなっていきます。もともと細い道なんです。道というか、道らしきへこみですよね。それがもっと細くなってくる。不安が広がっていきます。

「もう引き返そうや」

どこかの段階で、聡明そうな一人がかならずそう言いますね。

「アホ、まだ続いとるやろ」

勇敢ぶりたい一人がすかさずそう言います。でもね、そんな空元気は共有されないわけで、みんな内心ビビッてますから、最後は引き返すことになります。べつに目的があるわけじゃないし、この先に何があるとも思えませんから。

わたしは無口なタイプでね。スナフキン的なポジションを気取っていました。理想は

「ここぞ」という時に、気の利いた一言をぼそっとつぶやく。それができればカッコいいですよね？　できないですよそんなの。あれは難しいね。気の利いた一言のつもりが、ぜんぶ嫌味になってしまうんですね。自分でもわかっていましたが、まあね、嫌なやつだったんでしょう。結局、誰からも相手にされなくなって。

それであの日は一人だった。一人で森に入っていったんです。一人でぜんぜんOKなんですけども、一人ですから引き返そうと言ってくれる人がいません。「あかん、あかん」と思いつつどんどん先に進んでいったんです。下草が鬱蒼としてくるのに、道はまだ続いているんですよ。ほとんどヘビが通った跡ぐらいの筋でしかないんですけど、それが光の道のようになって、はっきりとわかるんですね。

だから足が止まらない。記憶ですから、断片的な映像がフラッシュバックする感じになります。細部は欠けています。だから時間はわかりません。どれぐらい歩いたのか。気がつきますと、目の前が開けています。

沼ですよ。

濃い緑色をした沼。

沼というのは、言葉では知っていましたけれども、正直いってよくわからなかったんですね。池と沼の違いがね。貯水池なら何度も見たことがありましたが、沼を見たことがなかった。ですからその沼を見て、はじめて「ああこれが沼か」と思った。

まず深く澱んでいます。水が濃厚な感じがしました。水面がぴーんと張っていまして、まるでゼリーの表面みたい。さざ波一つありません。それからあの匂いね。臍の穴の匂い。たぶん草木の朽ちた匂いと、生き物が腐敗した臭いと、化学臭。ぜんぶが混ざって、風もないのにむわっと漂っていました。

当時は、一九七〇年代の終わり頃は、まだ規制とか緩かったでしょう？　公害問題とか、まだ残っていた時代ですよね？　有名な公害だけじゃなくて、日本の、至る所で有害な物質がバンバン廃棄されていたはずなんです。海にも山にも。だから、わたしが見た沼にも公害が混ざっていたと思います。

「ここには何かいる」とわたしは直観した。公害で突然変異した魚類や爬虫類ですね。興奮しました。友達に教えてやろう。わたしは沼の発見者として一目置かれるだろう。また仲間に入れてもらえるだろう。そんなことを思って、わくわくして、意気揚々として、さあ急いで帰ろうと……。

後ろを振り返ります。

真っ黒だ。

真っ黒の森だ。

泥酔すると視野が妙に暗くなりますよね。ちょうどあんな感じですよ。暗いだけじゃなくて、細部がぼやけて見えない。森の細部が見えないわけです。だから帰り道がわからない。道が消えている。真っ黒。

怖いよね。

どうしますか？

[redacted]？

それが思い出せないんです。でも助かったんですね。たまたま電力会社の人が通りがかって助けてくれたのかも知れません。でもねえ、だったら覚えているはずなんだ。騒ぎになりますからね。立ち入り禁止の区域でしたから、学校にも報告されるでしょうし。それでね、なんとなくですけども、だんだん一人じゃなかったような気がしてきたんですよね。いや、記憶では一人なんですよ。

[redacted]？

友達じゃないですね。同級生だったら、一緒に途方に暮れて泣いていただけでしょう。大人が一緒に探検してくれるわけありませんし、じゃあ誰なんだと。わたしの後ろをですね、こっそりついてきていた人がいたわけでしょう？　その人が助けてくれたわけでしょう？　いやそんな気がするだけなんですけども、それが思い出せない。だからまた「ユーチューブ」と酒の無限連鎖ね。もうどうすりゃいいんだろう。

[redacted]？

まあね。たしかに、疲れているんでしょうけど。でもわたしは精神的には安定しているつもりなんです。

[redacted]？

酒ね。もちろん酒も精神安定剤になっていますけれども、それだけじゃない。それだけならどうしても罪悪感や徒労感に支配されていきますから、落ち込むばかりだったと思います。わたしの場合は、書くことで精神の安定を確保してきました。一応は文学部中退ですので。

[redacted]？

日記じゃないですね。もっとその、わけのわからない、つまり表現活動みたいな。強いて言えば、詩、ですかね。でもわたしはそれを詩とは呼びたくないんですね。呼ばれてしまうのも堪え難いところがある。

トラヴィスはタクシードライバーをしながらテロリストであろうとして、それで身体を鍛えていましたよね。つまりそれが彼のモチベーションを支えていたと思う。仕事に対するモチベーションではなくて、生に対するモチベーションです。わたしの場合は、それが詩のような、物語のような、遺書のような、犯行声明のような……。

もうね、めんどくさいから詩でいいですよ。つまり身体を鍛えるかわりに、想像力を鍛えているわけです。とにかく何か生産的なことを、一日の終わりに、それが朝でも夜でもね、しておかないと。

ただね、酒を飲まないと一行も書けませんので、翌日が健康診断だとわかっていても明け方までだらだら飲んでしまうという。ようするに、詩を書くために酒を飲んでいるという側面もありますね。「眠れないから酒を飲む」だったのが、「詩を書くために酒を飲む」にシフトしていく感じですか。もうこうなるとダブルバインド状態です。でもねえ、営業所の所長や医者から飲酒癖の理由を聞かれてさ、「詩を書くためです」だなんて言えませんよ。恥ずかしくて。

とにかくアルコール抜きでは一行も書けません。結局ね、脳が、前頭葉が、萎縮しているのだと思いますよ。アルコールにはそんな悪影響があるらしいです。これは医学的にも証明されているようですね。脳が萎縮したままでは詩は書けませんので、アルコールで一時的に膨張させているわけですよ。悪循環ですが、仕方ないですよね。

これは古今東西の多くの詩人や作家が経験してきたことだと思います。

？

そうですね。こうなるともういつまで身体が持つかという話ですよね。あと一年でいよいよ四〇歳になりますので、もう中年のオッサンです。正直キツいですよ。脳が萎縮していますでしょう。それから腹が張ってますよ。肝臓あたりがね。だから身体はキツいはずなのに、酒は美味いんですね。だから飲みます。飲んで、それで詩がすらすら書ければ最高ですよね。そんなの滅多にないですよ。だからもっと飲む。最後は、飲めども飲めどもという……。

？

家族ね。そりゃそうだ。いや家族が大事だとは思ってるんですよ。だったら自分の健康や明日の仕事のことを考えろって話だ。でもたまにね、すごく熱中することがある。頭が冴えて冴えてしょうがない時があるんです。もうね、こうなると仕事なんて完全に意識から外れています。どこまで行けるか。脳のなかの話ですけれども、ギリギリ、どこまで行けるかという感じなんです。

　だいたい創作物って反社会的なもんじゃないですか。小説も映画もそうですよ。詩なんてね、そもそも散文的な日常からの跳躍ですからその最たるもので、だからどうしようもありませんよね。職業人として、生活者として、人間として、いろいろ考えてしまいますけども、最後の最後は「わしは詩人じゃ！」みたいになってしまう。
ただねえ、「詩人」というのも、わたしはしっくり来ないんですよ。「詩人」なんてね、今では差別用語じゃないですか。わたしなんて恥ずかしくて、妻にだってやすやすとは口にできませんよ。わたしが書いているのはメルヘンじゃないんだ。結局、「行」なんです。「線」だ。それでいい。それでいいと思っているんです。ラインなんですね。わたしはラインを書いているわけですよ。跳躍すべきね。だから「詩人」じゃなくて「ラインズマン」と呼ばれたい。

[redacted]？

日本語でいえば「線審」ですか。いいね。わたし、そっちの方がいいと思います。「詩人」より「線審」の方がよっぽどしっくり来ます。だから脳の中にラインを引いて、「アウト！」「セーフ！」をピョンピョンやってるんだね。それってつまり道路の、センターラインですよ。結局ね、泥酔して、やっとのことトラヴィスにたどり着いているわけです。「線」は「傷」でもあるわけでしょう？　センターラインが、わたしには街に刻み込まれた刃物傷に見えることがあります。

[redacted]？

そりゃ無理ですよ。しらふで「わしはトラヴィスじゃ！」をやってたら社会復帰できません。そっちの方がよっぽどヤバイですよ。酒さえ抜ければ、社会復帰できるんだ、わたしは。

[redacted]？

それはそうですよ。歴史的に。世界史的にそうだったはずです。詩で生活するなんてあり得ない話でしょう？　絶対食っていけません。それは古代ギリシャまで遡ったってそうですよ。たぶんホメーロスだって何かサービス業みたいなことをしていたんじゃないですか？

[redacted]？

煙草をやめろ、酒をやめろ、詩人をやめろ。そういうことです。それが今の社会からの要請なんですね。じゃあ煙草や酒や詩が犯罪なのかとわたしは言いたくなるわけですよ。もちろん飲酒運転は犯罪ですけれども。

[redacted]？

いや軽犯罪だなんて言ってませんよ。そんなこと言ってたらあなた、今の世の中、殺されますよ。飲酒運転はれっきとした重犯罪だ。それぐらいの自覚はあります。だってね、実際わたし、仕事ができなくなってるんですよ。社会から殺されかけているんですよ。わかりますか？

[redacted]？

ぜんぶアメリカが悪いんですよ。あの国は「人類の恥」キャンペーンが好きなんです。人種差別を中和するのに必死なんですよ。最初のターゲットは肥満でした。八〇年代のことです。おデブさんは自己管理能力が劣る。だから社会的に成功できない。そういうキャンペーンを展開したわけです。ようするにおデブさんは人類の恥だと。覚えていませんか？　あれからですよ。ダイエットだの健康器具だのが定着したのは。

それで「人類の恥」キャンペーンの第二弾が喫煙者バッシング。これもアメリカ発祥です。日本でも喫煙者は人間のクズということになってしまいました。ここでも自己管理能力が勝手に問われているんですね。それで煙草よりもドラッグの方がマシということになって、今では「禁煙に成功した！」とアピールしている人の二人に一人は大麻をやってますね。これはアメリカの数字で、日本では一〇人に一人ぐらいでしょうか。わたしは命懸けで煙草を吸っていますので、大麻なんか必要ありません。

問題はやっぱり酒だ。

今や時代は飲酒バッシングですよ。

――?

程度の問題?

だから何ですか程度の問題って?

そんなもん、いったい、誰に量れるの? 医者? 営業所長? アルコール探知機?

冗談じゃないですよ。あなたは説教しに来たの?

わたしはねえ、冗談で詩を書いているわけじゃないんだ。あんまり大きい声では言えないけれども、詩集を作ったことだってある。妻だって知ってますよ。結婚する前にちゃんと自己申告していますから。

――?

いやべつに怒ってませんよ。

?

今日ですか?

図書館で時間潰しですよ。

パチンコやってられる立場じゃないですから。

図書館の視聴覚ブースでね、ドキュメンタリーを観るのが好きなんです。今日見たのは『ぼた山奈落』という、地元のTV局が七〇年代後半に製作したやつでした。舞台は閉山後の「炭住」だ。「炭住」たってあなた知らないでしょ? 炭坑労働者のための簡易社宅ですよ。閉山後もそこに居座り続けている老婦人のドキュメンタリーです。

旦那は失業後、老齢の身で都市圏に出稼ぎに行って、身体を壊して帰ってきて、今は半身不随で寝たきりなんですね。脳障害があって言葉も聞き取りにくい状態です。それで生活保護に頼ってなんとかやっている。まったく陰惨極まりない生活ですが、仲間はいるわけですよ。似たような境遇の老婦人たち。それで、彼女らが昼間から酒盛りをするわけですね。「炭住」の朽ちかけた木造長屋の一室で、楽しげに酒を飲んでいる。

ホッとします。こんな生活でも、ぎりぎり人間性が保たれているんですね。安酒飲んで、愚痴って、泣いて、歌って、踊って。やっぱり酒とか、歌とか、そういうのが人間性を手放さないための最後の砦なんだと思いましたね。これもまあポエジーと言えばポエジーでしょう？　わたしはポエジーなんて言葉にも抵抗ありますけれども、ここはまあポエジーで括っていいんじゃないかと。見事な映像詩ですよ。

ところがね、それが許せないという人がいる。

「生活保護を受けていながら、昼間から酒盛りとはけしからん」と。

どうやら取材の初期段階のものが、ニュース番組のなかで部分的に先行放映されていたみたいなんですね。それを観た市民からクレームがあったと。それで市の役人が注意しに来る。その様子までしつこく撮影しているわけです。

「お婆ちゃん、あんた、もうＴＶに出たらいかん」と。

「生活保護、打ち切らないかんようになる」と。

役人たって、若いお兄ちゃんなんですよ。気の良さそうな青年だ。彼だってそんなこと言いたくない。でも市民からクレームがくる。それはそれで対応しなくちゃいけない。それだけのことなんですが、怖いですよね？　彼女たちにしてみれば、生活が根底から揺るがされてしまうわけですから。

それでお婆ちゃん、撮影隊に「帰ってくれ」と言います。でもＴＶ側は撮り続けるんです。これは根性の問題ではなくて、デリカシーとかプライバシーの問題なのですが、七〇年代は根性が優位だったわけですね。だから、老婦人が陥っている状況を全部、ここぞとばかりにズカズカ撮っています。そこまで当時のＴＶドキュメンタリーは踏み込んでいる。

土足で踏み込んでいけた。そんな時代だった。キャメラが強かったんですね。で、その一部始終をぜんぶ撮影して、再構成して、作品化しているわけ。今では絶対に放映不可能でしょう。

それが七〇年代の記録。でもね、それから三〇年以上経った今も、状況はまったく変わっていませんよ。わたしはそう思いますね。「市民感情」ですか？　誰の感情なのかさっぱりわかりませんけども、「コクミン」とか「シミン」とか呼ばれているカオナシたちの底なしの不寛容さがね、わたしは怖いですよ。絶望的な気分になる。

「生活保護の金でおまえら昼間から酒盛りかよ」

それに似た声は、今も至る所で響いていますよね。そんなね、ケチ臭い言説が一定の支持を得るんだったら、わたしはアホらしくてタクシードライバーなんてやってられませんよ。まったく嫌な世の中だと思います。実際ね、道端で手を上げている人間を片っ端から轢き殺してやりたくなる瞬間だってありますよ。それこそ「地獄のサンタクロース」状態です。

？

だから詩ですよ。

[redacted]？

いや誰のって、わたしのですよ。

[redacted]？

今？　ここで？

それはあなた、勘弁してくださいよ。「地獄のサンタクロース」は朗読できるような詩じゃないです。わたし、いつも思うんですけど、だいたい「詩」という字がダメなんだと言いたいんですよ。だって「言」に「寺」でしょ？　「寺」って何ですかって話ですよ。「寺」といえばお経でしょ？　ね？　朗読の世界だ。でもお経には闘いがないじゃないですか。詩は闘いでしょう？　だからね、わたしは「静」という字が好きなんです。

「青い争い」

ね？

こっちの方がよっぽど合ってる。詩人じゃなくて静人。ほら、スナフキンみたいだ。

[redacted]

[redacted]　[redacted]？

詩人として？

もっと大きなビジョンですか？

まあこんな調子ですから困ってしまいますけど、そうだなあ、詩人としてねえ。まあ詩人として言うとすれば、もう地球がね、爆発すればいい。死が平等に与えられる条件は、それしかないでしょう？

人類は五〇年以上宇宙開発というのをやってますけど、いざとなったらあんなもの何の役にも立たないことぐらい中学生の想像力でもわかりますよね。宇宙開発で人類が救えるというファンタジーはSF以下でしょう。なのに、なぜ人類は地下開発をしないんでしょうね。それが不思議でならない。地下に生存環境を確保するほうが、無駄な宇宙開発よりよっぽど現実的です。あなたは宇宙ステーションに住みたいと思いますか？　月面のコロニーなんてどうです？

嫌でしょう。窮屈だ。それに、結局それは死を待つだけの短期的空間に過ぎないわけです。ちょっとした延命を確保するだけの施設ですよ。病院や老人ホームのようなね。そんなものに、人類はまさに天文学的な金を注ぎ込んでいるわけです。アホとしか言いようがありません。

だからわたしたちが、期せずして「地下活動」を志向してしまうのは、反社会ということではなく、おそらくは自然の摂理に近いのだと思います。考えるまでもなく、可能性はアンダーグラウンドにしかないわけです。

人類は、永い間、地底に資源を求めてきた。エネルギーですね。それはお金になったし、今もなお巨万の富を約束してくれている。オイルマネーが世界を支配する時代は当面続くでしょう。人類はその金で、宇宙開発をやってきたわけですよ。とんでもない無駄遣いだ。金持ちのエリートたちは足許を見るということができないんですね。今では、地下を開発しているのはアフガニスタンと北朝鮮だけですよ。軍事目的であっても、それは正しいわけです。どう考えてもね。だって彼らは生き延びるために地下を開発しているわけですから。

だいたい宇宙開発には宗教的救済のイメージがくっついているでしょう？

わたしはね、宗教的救済なんて信じてはいません。あり得ないと思いますよ。虚構のレベルとしてすでにあり得ないはずなんです。だからわたしこそが神様かも知れない、残念なことに。ただし、あなたが神様ならそれでもでいい。でもね、あなたは、それを引き受けることができますか？

？

わかりません。

ただ、一つ言えることは、アンダーグラウンドにはアンダーグラウンドの栄光があるということです。その栄光は、しかし金にはなりません。ある種の実験的精神、革命的もしくは無政府主義的なラディカリズムが金になったのは、わたしが知るかぎり「クレヨンしんちゃん」だけです。
だからと言ってね、詩人たちが反省すべきだとは少しも思わない。それに詩の業界はいつまでたっても反省なんてしないでしょう。誰も反省しないんだから、反省すべきはあなたですよ。

[redacted]　[redacted]？

それはだから、あなたが「詩人として」なんて聞くからですよ。

[redacted]　[redacted]？

知らねえよ。
あなた、さっきから何ですか？　諜報機関の方ですか？

[redacted]　[redacted]？

は？

？

詩人調査？

ここで説明しよう。

タクシードライバー「トラさん」こと詩人・園部航（三九歳）を取材しているのはヒラリー・クリントンに酷似した金髪の中年女性で、ほぼ間違いなくエイリアンである。むろん園部は、それを百も承知で取材を受けている。

その女は、園部の自宅のＰＣ画面上にいきなり現れた。声帯とは別の器官から言語のようなデジタルノイズのような声を発している。その声は瞬時に日本語に変換され、園部の聴覚に送られている。ただしこれをテレパシーと呼ぶべきかどうかは微妙なところである。

園部は、一昨年より、ある予感をもとに地球滅亡の長編詩を書き進めていたのだった。彼の酒量が無尽蔵に増加していったのもそのためである。彼の妻はそれをとめなかった。なぜか？　子供のためだ。同じ酔っぱらいでも、愚痴ったり暴れたりするパパより、おとなしく詩を書いているパパの方がマシだからだ。つまり、妻は園部をとうに見切っており、同時に恐れていたのである。ちなみに彼女は一度だけ園部の詩を読もうとしたことがあるが、あまりに気味が悪く、即座に目をそらしてしまったのだった。

しかしもっと怖いのは、それ以来、「誰かがおれの詩を読んでいる」と園部が訴えるようになったことだ。何者かが自分のPCに侵入しているというわけだ。ここまで来ると病気を疑うしかない。いずれ必ず何か問題を起こすだろうと妻には思われた。だから、タクシー会社にはむしろ感謝している。本人は復帰できるようなことを言っているが、世間はそんなに甘くないし、問題を起こす前にクビになって本当によかったのである。

妻はさておき、「誰かがおれの詩を読んでいる」という園部の訴えはむろん妄想などではなかった。たしかにPCの調子がおかしかったのだ。どうやらウィルスにやられているようだ。これはデータを別保存しておかないとヤバイぞ。そう思っていた矢先に、とうとう立ち上がらなくなってしまったのだ。困った。最悪だ。園部は何度もPCを立ち上げ直すが、暗黒画面上に意味不明の言語記号が一行出るばかりだ。リターンを押し続けると、その一行はひたすら増殖していった。

やめとこう。触らんとこう。しばらく時間を置いたら復活するかも。

でも無理だった。

ここは鋭く考えなければいけない。失われたデータ——書き進めている長編詩、未発表の大量の詩群、詩以前の覚え書き、その他もろもろ——をなんとしても取り戻すべきか、記憶の彼方に葬り去るべきか。

ホウムリサル？

そう、園部航は直観していたのだ。これはサインであると。「もうこんな生活は止めなさい」というメッセージではないか。詩を断ち、酒を断ち、仕事に復帰して、家庭生活を護るべきだ。運命が、そう告げているのではないのか。

しかるに園部は暗黒画面を見つめながら酒を飲み続けた。まだ諦めがつかないのだ。しつこくしつこくPCを立ち上げ直してみた。立ち上がらなくても、データは記憶されているはずであり、そいつを救出することはおそらく可能なのだろう。しかし自力では無理だし、業者に頼んでまでやるべきなのかどうか。そんな金があるなら、新しいPCを買う方がすっきりするのではないか。

悩む園部。

悩みつつ酒を飲み続ける園部。

そしてある夜、酩酊した彼の前にヒラリー・クリントン女史が降臨したという次第である。立ち上げても眠たげな起動音しかしなかったPCが、急にカリカリと何かを読み始めたのだった。園部は奇跡の瞬間を期待した。明るくなる画面。しかし、そこに現れたのは、怪しげなアダルトサイトのライブチャット風の、ぬめぬめした映像だった。

？

詩集の話？

もう大昔ですよ。東京を離れる前に一冊作ったわけです。自費でね。これはでも野心の産物ではないですよ。「何かを残しておきたい」という気持ちの方が大きかった。まあ痕跡ですかね。傷跡ね。大学も中退していますし、どこかでケジメをつけたかったのだと思います。それで詩集を作りました。

五〇部作りましたが、私家版ですから書店では扱ってもらえなくてね。書籍流通のことなんてわたしはぜんぜん知りませんしね。だからバカバカしいと思いつつ、ほとんど献本しました。有名詩人や批評家に勝手に送りつけるというやつです。どうせ誰も読みやしませんよ。

手許には三冊だけ残しました。今でも、自宅の本棚に何気なく差し込んであります。『海を見に行け』っていう薄っぺらな詩集ですが、海を見に行くどころか、煙草のヤニで背中がべとべとになってますよ。

？

いやなんせ私家版ですからね。評価も何も、当時からほとんど存在さえしていない感じだったですよ。だいたい作りっぱなしで、反応なんて期待していなかったので、書評の類いはチェックしていませんしね。献本先からの返信なんかも、わたしは刊行直後に札幌に雲隠れしましたんで、これもわかりませんね。

━━？

そう言われてしまうと、そうかも知れないし、そうじゃなかったと言いたいところもありますけど。なるほど「記念品」ね。まあ確かに事後的な感じは濃厚にありましたよ。わたしなりの総括みたいな。でもねえ、あの詩集だってそれなりに闘っていたはずなんです。やっぱり置物やペナントじゃないですよ、絶対。だから「記念品」なんて言われると、まあ、若干カチンと来るね。

━━？

だから傷跡ですよ。傷跡と記念品は違うでしょ？　だったらね、あなたがそう言うなら、もう時効だからこっちも言いますが、実は『海を見に行け』の前に、手作りの詩集があるんです。五冊だけ作りました。『チェーホフ爆弾』というやつです。五冊作って、仲間に配るつもりだった。あるグループを解散する時に。

━━？

ロックバンドじゃないですよ。もうね、あの頃はバンドブームも終っていましたから。時代はもっぱらカルトブームだった。でもカルト集団という自覚はまったくなかったんです。わたしらは思想闘争をやってるつもりだった。ポストモダン風のね。つまりサルトル以後を生きるということですけど、そんなのはわけがわからなくたっていいんです。雰囲気だけです。

まあ正確に言えば、過激派の予備隊みたいなもんですよ。計画するばかりで、何一つ実行できないという。わたしたちは可能性の話ばかりをしていたわけです。それでも、コーアンだのケーサツだのを意識していました。「尾行されている」とか「スパイがいる」なんてね。構成員は一番多いときでも一〇人ほどしかいなかったのだから、スパイも何もね。ようするに想像上の「テロリストごっこ」をしていただけなんですが、結局、九五年の「地下鉄サリン事件」が総てでした。

「ああ、やられた」とみんな思った。

先を越されたという感覚ですね。今となれば罰当たりな話ですけど、あの当時はそんなふうに感じた若者がたくさんいたように思います。あれはちょうどわたしがタクシードライバーになりたての頃でね。第一報は無線で知りましたから。そう、無線がもうパニック状態で、あれは怖かったですよ。自分もだから、現場を体験した当事者の一人のような気がしています。今でもそんな気がするんですよ。被害者を乗せたわけでもないのにね。

あれが二五歳ですか。結局、わたし、中退したあとも大学周辺をうろついておったんです。友人らはまだ学生をしておりましたし、他に行くところもありませんしね。ドライバー仲間なんて、わたし以外はみんなおっさんでしたから。

[redacted]？

もちろんカルトの連中が怖いってことぐらいは報道やアジビラやいろんな噂で知ってはいましたけど、でもあれはラディカリズムを放棄した連中なんだと思っていたんです。真のラディカリズムはわたしたちの側にあると。ようするに、わたしらは宗教を小馬鹿にしていたんですね。その宗教に先を越されてしまったと。これは取り返しがつかないほど衝撃的な出来事だったと思います。

事件の全容がだんだん明らかになってきますと、これは「先を越された」どころの話ではないぞと思うようになりました。シャレにならんぞと。わたしらとは次元が違いすぎますから。向こうは「ポア」とか言ってますしね。そんな言葉、どこをほじくり返してもわたしらからは出てきません。

最初はね、敗北感とか無力感といった感情に支配されていたはずです。「いったい何だったんだポストモダン」というね。フーコーだのドゥルーズだのと言ってたって、ぜんぜんダメだったじゃないかと。いやわたしもね、読めないなりに読んでいたんです。『狂気の歴史』とか『リゾーム』ね。「器官なき身体」ですか。まあフランスですよ。それがあなた、やっぱりインドだ。フランスよりインドってのは、いかにも七〇年代的じゃないですか。「ニューエイジ」の成れの果てですよ。だからオウムの一連の事件は、わたしらにしてみればインディアンの逆襲だ。

　それで、あっと言うまにみんなやる気を失ってしまいました。わたしもそうでした。もともとわたしたちの集団には首謀者とか指導者といった求心的な存在はいませんでしたので、一度シラケてしまうと歯止めが利かない。放っておけば確実に自然消滅すると思いました。わたしはね、それでいいと思っていました。「やる気を失った」と言いましたが、より正しく言えば、「やる気」なんて最初から誰も持ち合わせていなかったことに気付いてしまったのです。本当に「やる気」があるのであればあそこまで計画的にやらないといけないんだってことをね、オウムの連中からはっきり突き付けられたような気持ちになった。むろんそんな根性がわたしたちにあるはずがない。

[redacted]？

「表層と戯れる」というのがあの頃の倫理だったんです。ゲームの規則としては理解できるんですけども、それをモラルとするのは難しいですよ。生き方の問題になってきますから。カルトに走るやつはアホで、ポストモダンをオシャレ感覚で消費している連中が賢く見える。そんな雰囲気が主流だった。嘘だと。どっちもアホだと。わたしらはそう思っていたんです。

[redacted]?

たしかに計画はいろいろとあったわけですが、実際わたしたちが表立って具体的に動こうとしたのはたった一度だけで、それも至って合法的なものです。新宿都庁を違法建築で訴えるという活動でした。そういう活動をしている市民団体がすでにあったわけです。それに便乗した。勉強会やデモに参加するというね。ビラ配りに署名集め。いやまったくうんざりするような体験でした。少しも面白くないわけです。過激集団化を妄想するようになったのもその反動が大きかったと思います。オウム以後はわたしも含めて五人しか残っていなかった。

いや何があって残っていたというわけでもないんです。「ぼくら何やってたの?」という辺りに引っ掛かっていた感じですか。自然消滅じゃあ納得できなかったんでしょう。でもね、もうそろそろ地上に出たいという気持ちはみんなあったと思います。できもしない妄想を抱えて、わたしたちのぶざまな自意識はすでに三年近く地下に潜っていたわけですから。

それで残った五人だけでもいいから集まって、総括をしてちゃんと終らせよう、解散宣言をしよう、そんな提案がありました。ただね、そうなると活動費の精算という問題も出てきます。たいした金額ではありませんが、適当に分配するわけにもいきません。じゃあ

「使い切ってしまえ」ということになりまして、ちょうど五人ですから、わたしのタクシーに乗って夜の東京をナイトクルージングすることになったんです。タクシーなら密談するのにも都合がいいと。

[redacted]　[redacted]？

いやいや、総括どころじゃないですよ。一二月でしたしね、街はクリスマス一色でしょう？　普段飲まないような高級酒、それからジュースやケーキやお菓子を買い込んでもう完全にパーティー気分だ。散財の感覚が色濃くありましたから、どうしても気分が高揚してくるわけです。冷静なのは運転しているわたしだけ。

「チューさん、ほらあんたもシャンパン飲みなよ」

酔っぱらった学生どもがからんできます。わたし、もともと「チュートーさん」だった。本名で呼ぶのは公安対策的にNGですから、みんな適当にコードネーム的なものを持っていたわけです。「あだ名」感覚でしたけども。

「チューさん、オレこれから何しよう」

感傷的になっているやつもいる。酔っぱらって愚痴って。なんだこれはと思いましたね。ほんと、全員殺したくなりましたよ。トラヴィスならやってますよ。タクシーは聖域ですから。

「おまえらここで降りろ！」

ね？　言ってやりたかったですよ。でも我慢だ。我慢できたのは、プロ意識があったからじゃないですよ。プロなら身内を乗せたりしません。まだわたしもガキの延長だったんです。あの頃はね。

[redacted]　[redacted]？

女の子が一人いたんです。助手席にね。それで我慢していました。わたし、年長者ですから、感情的になったらみっともないと思いましてね。ただそれだけです。彼女はグループの一番若い構成員で、だから一番とんがっていました。輝いていたんです。まぶしかった。

「なにもこんな女の子まで巻き込まなくたっていいじゃないか！」

オウムの連中にもそんな女の子がいたでしょう？　「バブルとは無縁に生きてきました」みたいな。地味だけど美形みたいな。知的な感じがする。

わたしはタクシーを運転しながらよーくわかりました。彼女こそが今やリーダーなんだと。わたしらは彼女に引っ張られていたんですね。わたし一人、アルコール抜きで冷静でしたから、もうしみじみわかりました。みんな彼女の虜だ。それでヤメるにヤメられない。それだけ。だったら軽井沢でテニスでもやっとけという話ですよ。ほんと、東京をグルグルしないで、軽井沢に行けばよかった。

「あ、都庁だ」

ね？

東京グルグルしていたらそうなりますよ。

「今こそ都庁爆破を実行すべきだ！」

彼女が言ったんですね。

あーあと思いました。みんな確実に酔っぱらってましたから、もうね、こうなると解散宣言どころか、大盛り上がりですよ。できもしない妄想作戦を次々と口にして、イメージだけを共有して楽しむという。いつものノリです。最後の最後までそんな調子だ。ほんと、情けなかった。

[redacted]　[redacted]？

都庁に恨みですか？

まあ確かに仮想標的にしていたところはありますけど、恨みと言えるほどの感情はなかったと思いますね。わたしたちは、もとは古書好きの集まりだったんです。都内の古本屋を巡り歩いたり、古書市に出かけていって、掘り出し物をゲットしては自慢し合うような緩い同好会でした。ですから、わたしたちはグループをただ「ブンパ」とだけ呼んでいたわけです。ようするに古書同好会の分派活動だったということです。

すでにニューヨークでは、八〇年代に古書文化は壊滅状態になっていたと聞きます。ビレッジやソーホーの古書店はどんどん潰れていったと。店舗販売をやめて、カタログ販売や後のネット販売に移行していったわけですね。バブル期の東京でも同様の事態が進行していたはずなんです。行政主導の区画整理と、デベロッパー業界が仕掛けたいわゆる「地上げ」が、密接な共犯関係にあることは明白でした。その象徴が新宿都庁ですよ。神田神保町も、早稲田通りの古書店街も、いずれ消えてなくなるだろうと。バブル経済があと五年続いていたら、おそらくそうなっていたはずです。

[redacted]　[redacted]？

それは違いますね。一九九一年にバブル経済が崩壊したというのが定説になっているみたいですけども、わたしらの実感では一九九五年ですよ。やっぱりサリンと、阪神淡路の震災ですよね。あれでバブルが終った。完全に。

だから九〇年代前半は混乱期ですよ。東京には至る所に更地がありました。事業計画がポシャって放置されたままの更地が都内にいっぱいあったんです。わたしたちはそれを「東京歯抜けスポット」と呼んでいました。それでまず着手したのが「東京歯抜けスポットマップ」の作成です。

[redacted]？

いや詩集じゃなくて地図ですよ。

ブンパの連中でね、そいつを作ろうと。だいたい合法的活動にうんざりした連中がですよ、地下に潜ろうたってね、何をしていいかわからないでしょう？　過激派するためには準備段階が必要ですよね？　だからといって計画ばかりじゃさすがにつまらないですよ。みんな若いですからね、何かしないと、精神が持ちません。とにかく街を歩こうと。都内各地を凶暴にふらつこうと。そのためには目的が必要でした。計画を具体化するための作戦がね。

[redacted]　[redacted]？

「新宿レコンキスタ作戦」です。

[redacted]　[redacted]？

だから計画はいっぱいあったんです。ただやる気がないだけでね。それで一人抜け、二人抜け、そこに「地下鉄サリン」が来て。だから「新宿レコンキスタ作戦」も完全にシラケてしまったわけだよね。

？

いやちょっと待って。あなたが言いたいことはわかる。「なぜ新宿か」ってことでしょう？　でもさあ、こういうのは地域限定でやらないと実効性がないわけですよ。どこかに集約しないと、そんなね、わたしらはオウムみたいに大所帯じゃないですから、何もかもは無理ですよ。そのためにはまず東京二三区、ぜんぶ押さえないといけません。調査地域を各人に振り分けまして、そこを一人で歩きなさい。一人でさまよいなさいと。つまり一人じゃないとダメなんです。二人以上になりますと、楽しい路上観察ピクニックになってしまいますから。

そこから絞り込みをする。新宿まで導線を引くわけですね。導火線ですよ。導火線というのはストーリーです。「東京歯抜けスポット」はそれ自体では個々のエピソードでしかないわけです。首都全域に散在する空白地から新宿まで物語を紡いでいく。ですからわたしたちの地下活動というのは、古書店巡りのフィールドワークの延長にあるように見えますけれども、実際は壮大な物語を仮構することに力点が置かれていたわけです。それは復讐の物語ではありません。懲罰の物語です。

？

だから失地ですよ。「歯抜け空間」ですよ。レコンキスタですよ。失地回復作戦だ。アホかおまえは。

ここで説明しよう。

園部航がいかに苛立とうとも、ヒラリー・クリントン女史が動じることはない。なぜなら彼女は宇宙公務員だからである。公務員の信条は辛抱だということを、彼女は宇宙政府によって徹底的に教育されているのだ。内心では、いつになったら『チェーホフ爆弾』が出てくるのかと思っていることも事実だが、それを顔に出してしまえば宇宙公務員失格である。高飛車になってもいけないし、説教も禁物だ。むしろ少し鈍い方がいい。むろんそれは宇宙研修によって培われた技能であろう。だから園部が苛立つのも当然なのであり、そういう意味では、彼は、すでにクリントン女史の術中にはまっていると言える。

『東京歯抜けスポットマップ』

『新宿レコンキスタ作戦』

これはこれで、園部航が構想した未刊詩集として宇宙政府には報告しておこう。そう思うクリントン女史であった。

?

違うね。

地雷ですよ。

あの当時、中東には腐るほど地雷の在庫があったんです。八〇年代にアメリカと旧ソ連が売りつけたやつですね。地雷なんてね、時代遅れもいいところで、実効性も化学兵器に比べたら屁みたいなもんです。それに評判が悪かったでしょう。子供が踏んだりしてね。だからさすがに使えないと。それで中東は在庫処分したがっていました。ほとんど捨て値で買えたはずなんですよ。それを買って「東京歯抜けスポット」に埋めるという。計画では、そういうことになってましたね。

問題はお金ですよ。

ですからマップの製作は資金調達の一環でもあったんですね。精度の高い更地マップを作れば、裏不動産業界や裏金融業界に高値で売れるという話でした。誰が言ったのかは覚えていませんけども。

[redacted] [redacted]?

うーん。脅迫するつもりがあったのか、なかったのか。まあ普通に考えればね、地雷を埋めて、大手デベロッパーや都庁を脅迫するという展開になるんでしょうけども、それはどうなのかなあ。犯行声明まで考えていたのかどうか。わたしは少なくともそこまで考えてはいなかったと思います。地雷を埋める。その行為を一種の表現として捉えていた感じでしょうか。

[redacted]　[redacted]？

嫌がらせね。まあそう言われてしまえばそれまでなんですけども、あなた、ちょっと言葉きついですよ。でもさあ、現場の土建屋さんにとっては嫌がらせどころの話じゃないよね？　実際に地雷ドッカーンで被害に遭うわけでしょ？　だから嫌がらせのレベルじゃないですよ。まあ、強いて言えば、「呪い」ですかね。

だからオウム以上にオカルト的だったというね、オチになるわけですけども。これは笑えませんよね？

だからその、地雷とは「呪い」であり「病理」であるという。やっぱりメタファーなんですよね。表現なんだ。あの時代はですね、都市を、まあこの場合は東京ですけども、わたしたち自身の身体として感受することができたんです。ここはオカルトと現代思想が微妙に重なっていますが、ようするに「だいだらぼっち」ですよ。巨人伝説ね。東京は「だいだらぼっち」で、地雷は臭い臭い臍の穴です。そういうことにしておきましょう。

[redacted]？

中東とのパイプですか？

そんなもんありませんよ。作るしかない。一応、わたしが中東まで地雷を買い付けに行くことになっていましたんで、それなりにね、パイプがあるように振る舞っていたかも知れません。そんなもんは、資金さえあればなんとでもなると思っていましたから。


――？


当然みんな疑っていたはずです。いいんですよ、それで。わたしたちがやっていたのは信仰じゃないんです。そこがオウムとの違いです。信じる信じないの話ではない。信仰ではなくて、批評をやってたんです。そこは絶対に勘違いしないでほしいと思います。だから疑念ありきですよ。疑念こそを共有するという行為なんだ。どのみちわたしたちは、虚構のなかで生きるしかないわけでしょう？

みんな「わかりやすい物語」が好きなんですね。安心できるんです。気持ちよく消費できるんです。でもわたしたちは、「わかりやすい物語」に回収されてしまうのがたまらなく嫌だった。屈辱的だった。オウムの連中だって根は同じだったと思うんですよ。彼らはオカルト的な外部を設定しました。この屈辱的な、「わかりやすい物語」の外に出るためです。でもね、わたしたちはそれを批評でもって可能にしたいと考えていました。

だからね、「都庁を爆破すべきだ！」もね、可能性の話としてはぜんぜんＯＫなんですよ。勝手にやればいい。でもさあ、問うべきは、問われるべきは、やっぱ「そこにどんな批評性があるの？」ってことでしょう。ないですよ。みんな酔っぱらっているだけですから。あるのは、「新宿レコンキスタ作戦」に対する批判ぐらいですよ。いや批判というより全否定に近いですよね。ストーリーなんて要らないという。ちまちまやっていないで一気に都庁爆破。気分としては判りますけども、だから気分だけなんです。同時にね、これはわたしに対する嫌味だとも思いました。

何度も言いますが、わたしは彼らより年長というだけで、首謀者ではなかったんです。あの夜だって運転手をやっていたわけですから、使いっ走りみたいなもんですよ。資金さえあれば、中東まで使いっ走りをするつもりだった。本気でね。それぐらいの覚悟はあったんです。

「何が中東だ、パイプなんてありもしないくせに」

「パイプがあるなら、地雷のサンプルぐらい取り寄せてみろよ」

彼らが言いたいのはそういうことでしょう？

それを言っちゃおしまいですよ。そんなことはみんなわかってるはずだ。でもね、最後の夜でしたから、言っちゃったんですね。あの女がね。

「都庁を爆破すべきだ！」

ね？

男どもは調子に乗って便乗します。

「チューさん、いよいよ出番ですよ！」

「チューさんがやるならオレらも手伝いますよ」

全部嫌味だ。

チューチューうるさいわけですよ。それでね、突然、チェーホフのことが頭に浮かんできたという。わたしはね、チェーホフなんて、まともに読んだことないんです。でもね、チェーホフの短編小説のテーマが、おおむね「労働と愛」だということは、定説というか、一般常識としてインプットされていました。

「労働と愛」

書くだけで泣けてきますよね？

「労働と愛」

こいつらには、「労働」も「愛」もない。まずもって「労働」を理解できるだけの想像力が致命的に欠けている。わたしはそう思いまして、グッとアクセルを踏みました。トラヴィス・モード突入です。ハンドルはわたしが握っているわけです。アクセルもブレーキもこっちのもんだ。もう許さない。時速一五〇キロで、深夜の首都高速を回り続けました。

アホでした。

心底アホだと思いましたよ。ゲロを吐かれて、損するのはわたしだけですから。でもね、わたしもまだ二〇代半ばでしょ？　若かったね。あれが青春だった。男どものゲロがね。そう、男どものゲロにはまだ可愛気があったんです。可愛げがないのはあの女だ。

「あなたは詩人としてそれでいいの？」

わたしにしか聞こえないような声で、ぼそっと言ったわけです。労働の現場で、詩を持ち出されると、辛いですよ。

[redacted]　[redacted]？

ええ。当時のわたしはすでに、まあそれなりに、ちょこちょこ書いていたわけです。無名なりにね。商業誌にだって書いてました。彼らから見れば、幾分かは社会的な存在に見えていたのかも知れません。

「あなたは詩人としてそれでいいの？」

これね、ほんとにキツい一言です。ようするにね、ガキどもの嫌味程度でキレて、首都高速を狂ったように回り続けていたってしょうがないだろうと。そういう意味だと思いました。それはまったくその通りなんです。わたしだって、後部座席の男どものゲロが気になりますしね。早く営業所に戻って洗い流したい。だんだん臭いが充満してくるでしょ？鼻にツーンとくる。そうだ、あれも一種の沼の臭いなんですね。腐臭と化学臭が混ざっている。なんとなく想像できますよね？

それでもう限界だろうと思いまして、首都高速を降りて、終夜営業のファミレスの駐車場にタクシーを停めました。深夜三時頃だったと思います。後部座席のドアを開けると、男どもは転げ落ちるように降りました。

「四三七五〇円です」

助手席の女に、わたし、そう言いました。

「都庁まで」

あいつ、フロントガラスの彼方を涙目でじっと睨みながら言ったんです。都庁まで行ってくれと。おまえの労働はまだ終っていないという意味ですよ。なんと憎たらしい、そう思いましたが、それ以上にコワイですよね？

「都庁に突っ込んでください」

わかったと。もうわかったから、降りてくれ。頼むから降りてくれ。

「オレが悪かった、オレがなんとかしてやるから」

そんなことを言ったと思います。とにかく降りてほしかったんです。だから、最後は彼女を引き摺り降ろすような格好になってしまった。あいつ、絶叫していましたよ。わけのわからない言葉を。男どもは地べたにへたり込んでしまって、ぐったりしていました。

もうこいつらとも会うことはないだろう、そう思いましたね。営業所に戻って、後部座席を見たら、情けないやら虚しいやらで。ガキどものゲロと食い散らかし、飲み散らかし。

その後始末をしなきゃいけないわけですから。

「詩人としてそれでいいのか」

心底思いましたよ。詩人どころか、トラヴィスとしても最低だ。乗車賃を取り損ねてしまっていたことに気付いたんですね。労働も、愛も、ゲロまみれだ。その時ですよ、爆弾の一つでも作らないと気が済まないと思ったのは。爆弾をね、あいつらに、突き付けてやろうと。

だって結局そういうことでしょ？

爆弾がなけりゃ都庁爆破なんてできないわけで、地雷も含めてね、そもそも爆発物ありきの活動だったわけですよ。それを最後の最後になって、彼らは「さあ用意してみろ」と要求した。わたしに。おまえ詩人だろって。「できるもんならやってみろ」という調子でね。

じゃあ用意してやろうじゃないかと。「あれは冗談でした」なんて言わせない。そもそもね、誰かがやるなら自分もやるみたいな態度じゃダメでしょう。なぜ誰もやらないなら自分がやると言えないのか。そういうことですよね？

だから『チェーホフ爆弾』というのは、ようするに、わたしたち一人一人が、自らの責任において首謀者たろうとするための装置なんですね。

？

筑摩書房版世界文学全集第四〇巻「チェーホフ集」。

古書店で簡単に手に入る本です。だから怪しまれることは絶対ない。しかも全集という割にはハンディーな判型なんです。それでいて重厚な箱に入っている。爆弾を仕掛けるにはもってこいでした。

仕掛けは単純ですよ。高校生にだって作れる程度の代物です。わたしは郷里の高専にいた頃に悪友らと起爆装置を作ったことがありました。そういったことは、高専の連中には珍しいことではないはずです。起爆装置程度であれば、実験の範疇ですから。

もちろん暇つぶしです。工業系でしたので、使えるパーツや工作機械が身近にあるわけですね。それらを何かに利用してみようと。ちょっと尖ったやつなら、誰でも考える。高専にはさすがに捨て身の不良みたいな連中はいませんでしたが、パンクロックにかぶれているやつとか、文学や政治や現代思想をかじっているようなやつらはいました。わたしなんかその典型。

まあそんなこんなで、ちょっとした爆弾ぐらいなら「東急ハンズ」で材料を買ってきて、アパートでも作れたんです。ホントですよ。頁の内側を四角に抜き取って、そこに起爆装置と小型の高圧スプレー缶を仕込んだ程度の代物でした。箱から書籍本体を抜き出して、表紙を開いた瞬間に爆発する。ですから、表紙を開いた当人には確実に被害が及ぶわけです。まあこれも一種の地雷ですよ。

ただしどれほどの殺傷力かは実際にはわかりません。指が飛んだり、失明する程度かも知れない。あるいは、腕や頭ごと吹っ飛ぶかも知れない。顔面がぐちゃぐちゃになる可能性だってあると思います。だからまあ、自殺に使うには問題ありですよ。死ねずに、顔面だけ崩壊するなんて最悪ですからね。

それで、活動費の精算も中途半端になっていましたし、あの夜の乗車賃も回収しないといけませんので、総括なんてどうでもいいからもう一度だけ集まろうじゃないかと。電話したんですけど、男どもは「めんどくさいなあ」という反応ね。「もう終ったんじゃないの？」って。ふざけんなですよ。ぜったい来いと。

[redacted]？

いや誰も来ないなんてことは考えませんでしたね。まさか乗車賃を踏み倒すわけにもいかないでしょうから。あいつらにそんな根性ありませんしね。誰かは来るだろうと。いや誰って、あの女に決まっているわけですが。

神保町の、古い喫茶店の地下でした。わたしらには馴染みの場所です。なんとも気が重くてね、場所や時間を指定しておきながら一五分ぐらい遅れて行ったんです。そしたらやっぱりあの女がぽつんと座っていて、パウル・ツェランか何かの真っ白な詩集を読んでいました。相変らず嫌味な女だなあと。

「四三七五〇円です」

わたし、対面する椅子に座るなりそう言いました。女は、五〇〇〇〇円が入った封筒を差し出し、「おつりは要りません」と言った。

「じゃあ、さようなら」

ちょっと待てと。

座れと。

座れ。

聞いてくれ。

「爆弾作ってきたんだ。みんなの分もある」

女は虫を見るような目をしました。

[redacted]　[redacted]？

だから虫ですよ。無視じゃなくて虫。まあゴキブリだね。だいたい女は嫌悪感が目に出ますよ。妻もしょっちゅうそんな目で睨んできますもんね。だからね、おまえは一体何様なのかと、わたしなんかは言いたくなるわけです。でも言えないよね。それでわたし、例の「チェーホフ集」を五冊テーブルの上に置きまして、「こいつだ」と。さすがに喫茶店で仕掛けを説明するわけにもいきませんから、そこを出まして、二人で北の丸公園のお堀端を歩きました。歩きながら、ぼそぼそと説明したわけです。

『チェーホフ爆弾』をどうするかは個人の勝手ですよ。都庁に仕掛けたければそうすりゃいい。脅迫のツールぐらいにはなるでしょう。わたしは後々いちゃもんを付けられるのが嫌だったので、五冊とも大真面目に作りました。確実に爆発したはずです。極めて単純な構造ですから、不発ということはちょっと考えられません。まあ結果、屁のような爆発であったとしてもです。

　でもね、爆破実験まではしてませんから、やっぱり信憑性がないんですね。わたしも話をしながら、なんか嘘っぽいなあと。そんな気持ちになってきました。彼女の態度がそうさせたのかも知れません。ようするに乗ってこないんですよ。はなからシラケている感じですか。

　あるいは、そうだな、怖かったのかもしれない。

「私が余計なことを言ったもんだから」

　彼女は最後にそう言うわけです。やっぱりなと。思っていた通りだと。こんなもんだと。

わたし、思いました。

「ごめんなさい」

「いいんだ」

そう、彼女が『チェーホフ爆弾』を信じようが信じまいが、べつにかまわない。やれるだけのことはやった。詩人としてね。そう思いたかったんです。ただそれだけ。わたしたちは、少なくとも自然消滅したわけじゃない。解散するための一応の手続きは踏んだ。メンバー全員というわけにはいきませんでしたが、少なくともリーダー格の彼女に爆弾を突き付けることができた。彼女は、結局、受け取らなかったわけですよ。一冊もね。

それが答えですよ。

やっぱり「ホンモノ」にはなりたくなかったんですね。みんな「ニセモノ」のままでいるのがよかったんです。彼女も。

―― ――――?

どうでしょう。ちょっとわかりません。

ただ情報だけはみんなに伝わっていたはずです。彼女を通してね。「チューさんがマジで爆弾なんて作っちゃって」という調子だったかも知れないね。とにかく最後は、わたしが一番ヤバイ人間になっていたわけですから、連絡なんて一切来なかったですよ。それでいいんです。乗車賃も回収できましたし、わたしも誰かに連絡を取ろうなんて気はさらさらなかった。

ですから、わたしについて言えば、完全に一人になったという感覚ですね。他のメンバーがどうしていたのかはわからない。その後も連絡を取り合っていた可能性は大いにあると思います。一人になるのも、それはそれで不安ですから。その後もしばらくはチャラチャラやってたんじゃないですか。知らないですけども。

[redacted]？


神田川に投げ捨てましたよ。

五冊とも。

なんせ母体が書物ですから、水を吸って沈んでしまえば浮いてくることもありませんし、今でも神田川の水底でドロドロになるまで朽ち続けているはずですよ。たぶん高圧スプレー缶だけがプカーと浮いてきたでしょうね。

つまりそいつが、わたしの最初の詩集だった。

そう思っています。

それからわたしは円形脱毛症になりました。思い切って短髪にしてみましたが、ミステリーサークルみたいになってしまいまして、そこにＵＦＯが降りてくる夢を何度も見ていました。

[redacted]？

そう。ＵＦＯ。ほんとですよ。自分の頭に、小さなＵＦＯが次々と着陸してくる。ＵＦＯから何か線虫みたいな管が出てきまして、頭に突き刺さって、脳みそを調べているんですね。

だから仕事にはなりませんよね。やる気も起きない。だいたい日本のタクシードライバーはですよ、堅苦しい制服を着て、変な帽子を被らされて、はっきり言ってカッコ悪いんですね。おっさんにしか似合わないような格好ですもんね。ニューヨークとはずいぶん違いますから。どこがトラヴィスかよって話ですよ。

[redacted]？

あるわけないですよ。でもいつか行ってみたいですけどね。グラウンドゼロにもね、立ってみたいという気はあるね。何があるわけじゃないんでしょうけど。やっぱ基本的に都市の歯抜け空間が好きなんですよ。

とにかくね、お金がないでしょう？

お金がないと、することがありませんよね？

それであの頃は、一日中アパートに籠って昼間から寝ていました。仕事サボって寝てるわけです。まあ今と同じですよ。それで営業所から呼出しの電話がかかってくると思いまして、それが鬱陶しいので電話線を引っこ抜きましてね。当時はまだ携帯電話なんて普及していませんでしたから、そういうことができたんですよ。引きこもりというか、まあ、籠城ですか。バリケードはありませんが。ようするに「あさま山荘」ならぬ「ひとり山荘」状態です。

その「ひとり山荘」にUFOでしょ? 頭が持ちませんよ。だから『チェーホフ爆弾』を神田川に棄てたのはやっぱり正解だったと思います。もし棄てていなければ、あの頃のわたしなら発作的に表紙を開いていたかも知れません。ほんとに息苦しかった。地上に出たいと願ったはずなのに、もがけばもがくほど沼に沈んでいくような感じでしょうか。営業所も結局クビになりまして。まあ当然ですね。

それでも生活費はなんとかしないといけませんから、パチプロの真似事をしてみたり、古書のいわゆる「背取り」も相変わらずやっていましたけれど、あんなもんたいして儲からないですよ。

――――――――?

当時は裏物スロットの全盛時代だったんです。たぶん元締めは「ゴト師」と言いますか、その筋の「組合」なのでしょうが、わたしたちにはわかりません。下っ端のゴロツキでしたので。

声をかけられたのがきっかけです。まあスカウトみたいなもんですか。顔つきがね、ホント悪かったんです、あの時期は特に。まあ、仕方ないですよ。それで「組合」に入らせていただきました。新大久保の、終夜営業の純喫茶がアジトというか、事務所というか、たまり場になっておりました。奥の方に指定席があって、いつも誰かいましたね。組合員がね。そこで情報がいただけるわけです。店の名前、場所、それとスロットの台番号ですね。電話じゃダメなんです。顔を見せろということですよ。仁義の世界ですから。

都内だけではなくて、関東近郊、遠くは群馬の高崎あたりまで行きました。開店前から並ばないといけませんので、早朝からのハードワークになります。この仕事は交通費も軍資金も自腹ですから、負けると最悪ですよね。いやね、大きな声では言えませんが、負けるときもあるんです。まあしかし七割方は勝てますよ。そういう仕組みなんです。勝つときはたいていい大きく勝ちますから、半分を「組合」に収めても、時給のバイトよりははるかにおいしい仕事でした。

朝から晩まで一日打って一〇万勝つなんてザラでしたよ。ですから五万の手取りになります。わたしは軍資金を三万までと決めていましたので、なくなったら公衆電話から「センター」に電話をしていました。例の純喫茶ですね。「打ち止めです」と。それでぜんぜんOKなんです。リタイアは電話受付OK。代わりの人が来てくれます。三万も注ぎ込んだ台ですから、爆発する確率は大きい。だったら仲間に譲ればいいと。
　わたしは譲っていましたが、なかにはキャッシングしてまで深追いする連中もいます。上手く回収できればいいですが、できるとは限らない。そこが怖いところなんです。一〇万負けたとして、半分の五万を「組合」が保証してくれるわけではありません。勝ちは折半、負けは全額自腹。それがこの稼業のルールなんですね。つまり「組合」は経済的リスクを一切負っていないわけです。ただし、「裏ロム」を仕込むという犯罪リスクは負っているわけで、それに対してわたしたちは戦利金の半分を支払っていると。良心的とまでは言いませんが、まあシステマティックではあります。これはこれで納得できる。そう思っていたのが馬鹿でした。
　事が起きるまでは、「組合」は犯罪リスクを負っている身振りをします。そんな態度をことさら強調しますよ。でも一度事が起きてしまえば、つまり「ゴト行為」が発覚すれば、現場で立ち往生するのはわたしたちで、まあ口を割るにしろシラを切るにせよ、めんどくさいことになるわけです。店側だって、イノセントな客がたまたまラッキーなことに「裏モノ台」に座っていた、なんて思っていませんから、結局現行犯になります。

――――？

　ええ。なってしまうんです。わたしもなりました。惨めなもんですよ。あれはただのいじめですよ。大袈裟なパフォーマンスに過ぎません。口を割ったところで、追及が「組合」にまで及ぶなんてことはありませんからね。「組合」とケーサツはたいていグルになっているんです。で、店側とケーサツも当然グルでしょ？　そういう国なんです。大昔からね。一般客なんて全員カモですよ。パチンコ業界というのはそういう世界です。

まあね、こんなことになるなら、戦利金をちょろまかしておけばよかったと思いましたよ。馬鹿正直に申告していたのがアホらしくてね。もうね、この世の中、仁義もくそもありません。

「どうせ不起訴になるから心配せんでいい」

ケーサツからそう言われまして、そう言われると抵抗する気にもなりませんので、おとなしく収監されましたが、ケーサツはケーサツでいろいろ調べますから、わたしの正体がバレてしまったわけです。

「詩人のくせに、おまえ何をやっとるんだ」みたいなことを言われました。顔から火が出そうになりましたよ。取り調べの現場で詩を持ち出されるのも辛いもんです。わたしはうしろ頭を掻きながら、うつむき加減に、へらへら笑っていました。申しわけなさそうにね。

そう、申しわけなさそうにヘラヘラ笑いながら、『チェーホフ爆弾』のこととか、散り散りになってしまった仲間のことを考えていました。新宿都庁が爆発するイメージを脳裏に描いてみたりね。

酒を日常的に飲み始めたのもその一件がきっかけです。
アパートにいたらＵＦＯが来る。外に出たらケーサツに捕まる。妄想じゃなくてね、実際捕まったわけですから。どうしますか？　誰だって眠れなくなりますよ。酒が必要でした。でも、酒を買うにしてもやっぱりお金がいるでしょ？　もうこうなったらコンビニ強盗でもするしかないと思いましたね。
でもやっぱり思うだけでね。
タコ焼きばかり作っていました。

[redacted]？

関西出身でしょ。電気タコ焼き器は持っていたんです。もうね、本当に何もすることがなかった。「何をすべきか？」がテーマだった時代は終っていましたので、ここでも『チェーホフ爆弾』同様、「自分に何ができるか」を考えるしかなかったわけですね。わたしはもう誰かを頼ろうなんて思っていませんでした。「組合」にも裏切られましたし、友人らにも逃げられたわけだし。だから一人でやるしかないので、一人でやれることしか考えていませんでした。それでタコ焼きなら作れると。

[redacted]？

爆弾じゃありませんよ。いまさら爆弾作ってどうするんですか。「タコ焼き爆弾」なんてあなた、そんなもんマサチューセッツ工科大学でも作れませんよ。あのね、「冷めてもおいしいタコ焼き」を開発すれば、弁当業界に参入できるかも知れないと考えたわけです。実際、タコ焼きは得意でした。実家にいた頃はわたしが「タコ焼き番長」でしたから。はっきり言いまして、詩よりもよっぽど自信がありますね。詩よりも詩的ですしね。つまり、最初に混沌ありきという。ぐっちゃぐちゃですもん。

あなた知らないでしょうから、作り方を教えますよ。半球の穴ぼこが並んだ鉄板に、ドバーと「たこ焼きのもと」を流し込みまして、その中にタコを入れまして、その上からドバーと具材をふりかけます。そこまではどう見たって料理じゃないんです。何かを投げ捨てているような行為ですよ。液体と生ものと固形物。茶色い粉。赤いやつ。赤いやつはスイーツではなくて「小エビ」とか「紅ショウガ」です。もうね、はっきり言いましょう。最初は見た目「ゲロ」です。その「ゲロ」の初期宇宙が、くるくるやっているうちに、完璧な球形へと変貌していくわけですよね。

惑星の誕生ですよ。

これこそ詩人の仕事でしょう。

?

もちろん詩も書いていました。とにかくね、仕事していないわけでしょ？　一日中寝ていると言ってもね、それだけじゃ腐ってしまいますよ。何かやっていないと、人間なんて、すぐに壊れてしまいますから。タコ焼き作って、食べて、酒飲んで、詩書いて、タコ焼き作って、食べて、酒飲んで、詩書いて。タコ焼きったってタコなんて入ってないですよ。タコは高いんです。だいたい二九〇円だ。それで緊急避難的に魚肉ソーセージで代用して。それが主食ね。もう試作品ですらない。

[redacted]？

詩作品ですらない？

まあどっちでもいいですよ。だいたい「冷めてもおいしいタコ焼き」なんて、ゾンビ・レベルの虚構ですから。いやゾンビ以上にあり得ない代物だ。そのことがよーくわかりましたね。タコ焼きは冷めたら例外なくまずい。モサモサするだけでね。あれはもう人間の食べ物じゃないです。

　それで金はなくなります。もうこうなったら偽札でも作ってやろうかと本気で思いましたが、偽札を作るぐらいなら詩集を作りたい。同じ印刷物ならね。そう思うわけですけど、やっぱ金がない。タクシードライバーになった時点で郷里の親とは縁が切れておりましたんで、金を借りるあてもないわけです。アパートの家賃も払ったり払わなかったり。もう何ヶ月分ぐらい滞納しているのかわからないぐらい。滞納分は免除するから引き払ってくれ、ここから出ていけ、そう言われていたんですけどね。だから「ひとり山荘」状態で、そのうち武装警官が突入してくると思っていました。

[redacted]？

最後はね、せっせと収集したレア物の古書と輸入盤レコード、そいつらを売ってしのいでいました。まあ感覚的には店じまいですよ。淋しいもんです。ところが不思議なもので、最後の最後になって、さあそろそろトンズラするかと思っていましたら、その、何ていうか、世界の大いなる無関心が素晴らしく心に突き刺さってきましてね。

「コドクですか？」

冷めたタコ焼きが聞いてくるわけですよ。

「コドクですか？」

じっとタコ焼きを見つめます。

「コドクですか？」

タコ惑星を見つめます。

「コンティニューしますか？」

ゲームセットを覚悟した瞬間にそう聞かれたら、あなた、どう思います？　何度も何度もしつこく聞かれたら、焦りますよね？

「ここで諦めたらもったいないですよ」

「一〇〇円追加してコンティニューしませんか？」

ね？

わかるでしょ？

そんなこんなで、もう一気に詩人モード突入ですよ。

とにかくわたしは詩集が作りたかったんです。それだけが心残りでした。お金さえあればね、すぐにでも作れた。なんせ詩は膨大に書いていましたから。雑誌や同人誌に発表したものだけでも三〇篇近くあったわけだし、未発表の詩にもいいのはあったんです。とくに長編詩。これはなかなか発表する媒体がありませんでしたので、手許でいじくっているうちにどんどん長くなっていました。だから、雑誌に書いた詩は全部棄てて、いきなり長編詩で勝負ということも考えました。凄い詩集ができるはずだと。まだ誰も作ったことがないような。

それで、一〇〇円硬貨を何枚も飲み込みました。どうなったと思います？　胃が痛くなってきまして、ぐったりしていましたら、肛門から何か変な生き物が出てきたんです。

最初は、酔っぱらって無意識のうちに大便を漏らしてしまったのかと思った。でも大便じゃない。そいつはパンツの内側で蠢いていましたので、手でまさぐって、捕獲したのです。

ＵＭＡでした。

未確認生物ですよ。

「これがリゾームか！」

いやわたしもね、『リゾーム』を古書店で探して読んだ口ですけど、さっぱり判らなかったんですよ。「器官なき身体」とか言われてもね、ニョロニョロぐらいしか思い浮かばないですもん。あなたニョロニョロ知ってます？

――？

タコ焼きとの関係はわかりません。タコっぽくはなかったですね。でもギョウチュウじゃないです。顔がありましたから。足はいっぱいあった。柔らかい足。だからムカデというよりゴカイですか。あんな感じね。でも見た目はヘビとかトカゲ系ですよ。虫と爬虫類が合体したみたいな軟体生物で、大きさはやっぱり大便ぐらいですかね。

――？

エイリアン的ではなかったです。強いて言えば深海生物ですか。しかし自分の肛門から深海生物が出てくるなんて、あなたどう思いますか？

これが不思議と気持ち悪くないんですよ。なんせ自分の体内から出てきたわけですから、気持ち悪いなんて言ってられません。手のひらサイズのちっちゃいツチノコみたいで、見た目はむしろ可愛いです。ただし、裏側は最悪です。足がいっぱい蠢いているわけですから。どぎつい赤で。

わたしはそいつのおかげで混濁していた意識が一気に覚醒しまして、これは絶好のチャンスだと思いました。このUMAをCNNに売りつけようと。最低でも一〇〇万円ぐらいにはなるだろうと。その金で詩集が作れる！

身体というのはいい加減なもので、光明が見えるとがぜん元気になるんですね。へとへとになって死にかけていたはずなのに、すっかりハイテンションになってしまって、わたしは競歩の選手のようにCNN東京支局まで急行しました。受付の女性にそいつを見せたんです。さあ絶叫しろと。

――？

絶叫しないんですね。ケンモホロロとはこのことかと思いました。わたしはね、てっきりあの生き物が、スクープとして世界中のメディアを駆け巡ることになるだろうと期待していたんです。それが受付の段階であっさり見切られてしまった。まったく相手にしてもらえなかった。

「ああ、これね」

そんな感じですよ。

「ニョロニョロなら間に合ってます」みたいな。

それで、すぐに警備員が駆け寄ってきまして、「またおまえか！」って調子ですよ。へんでしょう？　おいおいちょっと待てと。人違いだろと。

「そんなもん、便所で流してきなさい！」

警備員に言われました。言われただけじゃなくて、便所まで引っ張られていきまして、それでニョロニョロ、泣く泣く大便器に流した次第なんです。あの警備員はアメリカの航空宇宙局あたりの人間かも知れません。


――――？


だからウンチじゃないですよ。あなた失礼だな。いくら酔っ払っていたとしてもだ、ウンチとニョロニョロの区別ぐらいはつきますよ。そうでしょう？

それでわたし、わかったんです。世界中で発見されているUMAというのは、もとはぜんぶ人間の肛門から生まれてきたんだって。下水やゴミ溜や森に棄てられたニョロニョロたちが、密かに生き延びた結果なんです。そうとしか考えられませんよ。なんせ体験者ですから。

わたしはね、東京では結局、一度も海を見ていないんです。不思議ですよね。海は近くにあるはずなのに、うんと遠い気がしていました。ですから『海を見に行け』という詩集には、便所に流したニョロニョロが下水を渡って海に出るというイメージが色濃くあったかも知れない。あるいは神田川に棄てた『チェーホフ爆弾』がどんぶらこと流れて海まで運ばれていくイメージとか。まあでもね、わたしが知っている神田川なんて、ほとんどドブ川ですから。やっぱりファンタジーはニューヨークまで行ってしまいますよね。だってあれがCNNに一〇〇万円で売れていたら、ニューヨークに行って、ニューヨークのタクシードライバーになることだってできたはずでしょう？　詩集を作るかわりにね。

?

行きたかったねえ。今のアメリカ大嫌いですけど、昔のニューヨークとかロサンジェルスはいいですよね。わたしが心底影響を受けたのはアメリカのビート派詩人とフランスのヌーヴェルヴァーグだけなんですよ。彼らが輝いていた時代に対する強い憧れもあったと思う。そうでなけりゃ爆弾なんて作りません。詩集を作ったりもしなかったと思います。

あのタイミングでニューヨークに行っていたら、ぎりぎりギンズバーグに会えたかも知れないんですね。バロウズにもね。ギンズバーグが死んだのは一九九七年の四月でした。バロウズが死んだのはその四ヶ月後でしたね。思えば、ジャック・ケルアックが『路上』

を出版したのは一九五七年だったわけですよ。それがビートニクの誕生だったとすれば、その四〇年後の四月にギンズバーグが死んで、その四ヶ月後にバロウズが死ぬ。

四四四。

死死死。

詩詩詩。

パチンコならフィーバーですよ。

でもそれは批評じゃないんだ。運命です。

▤　▤▤▤▤▤？

詩集の製作費ですか？

そんなもん、踏み倒しましたよ。

あのね、映画『タクシードライバー』の、地下の排気口からもわーっと湯気が上がってくるシーンが印象的だったんです。ニューヨークは寒いんですね。それで東京を離れるなら、寒い場所がいいと。詩集も作ったことだし、もう東京にいても何もすることがありませんから。これからは二種免許一本で生きていくしかないと覚悟しましてね。

　札幌に逃げたわけです。

ですから本格的にタクシードライバーの修行をしたのは札幌です。ずいぶん鍛えられました。運転技術よりも、図々しさというか、厚かましさを学んだと思います。市街地ではタクシーこそが路上のキングなんですね。いや、嫌でもキングをやらないといけない。それぐらいの根性がないと商売にならないわけです。長距離トラックのドライバーは国道のキングでしょう？　つまりプロってことだよね。

　札幌は好きな町でした。今でも好きだ。あの頃を思い出すとね、我ながらよく頑張ったなって。たった二年でしたけども、札幌時代がなければタクシードライバーを続けることなんてできなかったかも知れない。

　でもね、まだ若かったんです。それで失敗しました。「過去を棄てた男」になりきれなかったんですね。過去を問わない、語らないというのも、タクシードライバーの鉄則というか、美学なんです。「過去を棄てた男」なんてカッコいいのかカッコ悪いのかわかりませんけどね。わたしはそれができなかった。

「あいつはやばい」と。

「どうも過激派らしい」という噂になって。

[redacted]　[redacted]？

だから『チェーホフ爆弾』ですよ。

わかるでしょ？

そんな話、したらあかんのです。それをね、あなたにもしてるでしょ？　結局、ダメなんですね。酔っぱらうと、調子に乗ってしまうところがある。わたしは喋った記憶がないんですけど、何かの拍子に漏らしてしまったようです。同僚のおっさんたちにね。札幌で爆弾っていうのは、シャレにならないんです。北海道庁が爆破されていますからね。まだ過激派が潜伏していることになっていましたから。そんなの、わたしは知りませんでしたよ。

それで札幌時代は終わりました。それから仙台。名古屋。広島。なんか逃れ逃れてという感じですけど、べつに潜伏生活をしていたわけじゃないですよ。若かったですから、飽きてしまうんですね。土地にね。その土地土地の地図は、嫌でも頭の中に入ります。それが仕事ですから。

見慣れた風景、走り慣れた道。いつもの夕焼け、いつもの朝もや。ダレてきます。どこがトラヴィスかと思います。詩が、書けなくなってくる。そういうことです。それで転々としていました。「詩を書くために」というのはちょっとね、カッコつけ過ぎかも知れませんけども、単に生活のためだけじゃなかったと思いますよ。「詩人としてそれでいいのか」ってね、あのクソ女に言われたことが、ずっと頭の中に残っていたんですね。

[redacted]？

そうは言っても生活があるでしょう？　職業人としてのね。だからまずは「過去を棄てた男」を完全に演じ切ることですよ。詩はやっぱりその後にしかついてこないと思います。札幌で痛い目にあったからね。とにかく同僚とは酒を飲まない。飲むなら自宅で一人。これが鉄則ね。ですからこの鉄則がアルコール依存の第一歩だったという。トホホですよ。

でもね、棄てたはずの過去から「使者」が来ることもあります。死者じゃなくて使者ね。いや死者みたいな使者か。

だから怖いですよ。何が怖いって、予感が的中する怖さね。ニューヨークで、ドッカーンがあったでしょう。二〇〇一年ですか。いわゆる「9・11」ね。あの映像を繰り返し見ていましたら、妙な胸騒ぎがして、息が苦しくなって。何かが自分に降り掛かってくるような気がしまして。

[redacted]？

福岡に流れ着いたのが、あの年の、だから二〇〇一年のたしか三月ですよ。福岡でダメなら、最終的には沖縄に行こうという算段だった。ところがね、福岡には近場に競艇がありますでしょ？　すぐにハマりまして。

競艇はいいですよ。マリンスポーツですから。パチンコには申しわけないですけども、よっぽど気が晴れました。あのエンジン音と波しぶきね。負けても爽快。いや、そこまで言えば嘘ですよ。でも妙に納得がいくんですね。まあええかと。ようするに、やっと自分の海に出会えた。「海を見に行け」たんですね。

競艇の負けはパチンコどころじゃありませんから、アカンアカンと思いつつ、でもまあこんなもんかと。わたしの一生はこんなもんでいいだろう。「福岡」で「負け」でとりあえずOK。そんな感じで諦めかけていたころに、競艇場の売店で情の深い女と出会いまして、わたしはロマンス苦手なんで、ベタで付き合っておりましたらあれよあれよという間に子供ができて、結婚したわけです。生活が激変しました。それなりにね、ちゃんと「パパ」をやろうと。一発逆転なんてわたしにはあり得ないし、ここでふんばってなんとかやっていくしかない。

そのタイミングでニューヨークがドッカーンですよ。ああ。あああああ。ああこれだ。まさしくこれだ。わたしたちがやろうとしていたことはこれだったはずだ。新宿都庁爆破の幻想がフラッシュバックする感じですか。

「おまえは詩人としてそれでいいのか?」

またあの問いですよ。わたしだけじゃない。あいつらだって問われているはずです。「ブンパ」の残党たちね。特にあの女ですよ。過去から「使者」がやってくるという予感はそこから来ました。そして、その予感が的中した。

[redacted]　[redacted]？

乗せちゃったんです。

「お化け」じゃないですよ。「お化け」を乗せたって話はよく聞きますけどね、あれはもともと業界用語なんです。乗り逃げのことを「お化け」と呼んでいたんですね。今じゃ長距離客を「お化け」と呼んでます。アンラッキーとラッキーがごっちゃになってしまった。それってパチスロで言うところの「小当たり」ですよ。大当たりの三分の一しかコインが獲得できない。嬉しいけどがっかりだ。いや実はパチスロの世界でもね、「小当たり」のことを「お化け」って言うんです。

[redacted]　[redacted]？

だから「お化け」じゃないんだけど、わたしにしてみたら「お化け」みたいなもんですよ。いや「お化け」より怖かった。だいたい「お化け」より生きている人間の方が怖いでしょう？

[redacted]　[redacted]？

いや何の話かって、これ詩人調査でしょう?

ここで確認しよう。

この地球と呼ばれる惑星に、本当に「詩人」なる生物が存在するのかどうか。それを調査選別するというのが宇宙公務員ヒラリー・クリントン女史の仕事なのだ。同時に「聖人調査」も行われているらしい。

「トラさん」ことタクシードライバー園部航が、執筆中の長編詩で期せずして予言してしまった通り、地球はあと数年で爆発滅亡してしまう運命にある。未発表のその長編詩をクリントン女史がなぜ読み得たのかは先に記した通りだ。個人のPC内情報はすべて、宇宙政府によって監視分析されているということを忘れてはいけない。

ところで「聖人調査」とは何か。

ここで説明しよう。

どうやら地球には「聖人」と呼ばれる善人サンプルと、「詩人」と呼ばれる悪人サンプルが存在するようである。その二つのモデルをとりあえず確保しておけば、地球爆発問題へのフォローとしてはOKだろう。それが宇宙公務員たちの理解であり、その理解は全宇宙的に了解されている。地球的には「ふざけんな」という話だが、彼らエイリアンは、はなからローカルプラネットの科学者だの思想家だの政治家だの実業家だのは相手にしていないわけだ。そんなもんは、彼らにしてみれば利用価値ゼロなのである。

[redacted]?

いや若い男だった。

「ドームに行ってください」とその男は言ったんです。

[redacted]　[redacted]?

ですからニューヨークドッカーンの年の一二月ですよ。街はクリスマス一色ね。わたしらには一番の稼ぎ時だ。へんな客だと思いましたね。そんな時間にドームたって野球なんてやってませんもんね。シーズンオフ。コンサートやらイベントやらがあったのかも知れませんが、それに間に合うような時間帯じゃなかった。夜の九時過ぎでした。博多駅前で拾ったんです。

そいつね、ホント顔色の悪い男だった。サラリーマンというよりお役人って感じでしたね。わたしは経験的に、ドームに隣接するリゾートホテルが目的地だろうと思いまして、そこの車止めに付けたんです。そうしましたら「違う」と。

「ドームに突っ込んでください」

男はそう言った。これもまた業界用語でして、「突っ込む」というのは主に一方通行を逆走する時なんかにも使いますけども、施設内の乗り入れ禁止エリアまで付けるという意味もあるんです。VIP扱いですね。でもVIPさんは、たいてい秘書とかマネージャーが同伴していますから、自分で「突っ込め」なんて言いませんよ。それでわたしはピンと来たんです。この男、同業者に違いないと。なんか自分に似た匂いがしたんですね。

きっとこの客は無理難題を言って、ドライバーを困らせたいのだろう。わたしは直感的にそう思いまして、じゃあ突っ込んでみせようと。わたしにだってプロの意地がありますから。それでぐるっとドームを一回りしまして、納品関係の車両しか入れない「搬入口」に付けたんです。

「ここでよろしかったですか？」

むろん嫌味ですよ。本来なら関係者専用の「VIP口」に付けるべきなんでしょうけど、関係者ならね、「突っ込め」なんて絶対言いませんよ。経験的にそれぐらいはわかりますし、怪しげな人物を「VIP口」で降ろしたりしたらドライバー失格です。監視カメラもばっちり回ってますしね。

「一六五〇円です」

そう言いますと、そいつは後部座席で鞄のなかをごそごそやりだした。仕方なく財布を取り出そうとしている感じですか。いやな客でしたが、お金を払っておとなしく降りてくれれば、万事OKですよ。ところがですね、そいつはお金じゃないものを、後部座席からにゅーっと差し出したわけです。

[redacted]　[redacted]？

ニューヨークならね。

アメリカならピストルもアリでしょうけども、ここは日本ですから、あってもせいぜい刃物ですね。

[redacted]　[redacted]？

それが違うんです。刃物でもありません。ある意味、刃物よりもっと怖いものです。ピストルより怖いかもしれない。もうね、ここまで言えばわかるでしょ？

例のアレですよ。

筑摩書房版世界文学全集第四〇巻「チェーホフ集」。

そいつを突き出して、男は言ったんです。

「突っ込んでください」と。

わたしは一瞬にして男の要求がわかりました。そいつは、車ごとドームにぶつかれと言ってるんですね。衝突しろと。わたしはそこで初めて、男の顔をまじまじと見たんです。バックミラーごしに。そこに知った顔があってニヤニヤしていたら、悪い冗談で済むじゃないですか。

わからないんですね。見覚えがない。「ブンパ」の残党ならすぐ思い出せると思いますよね？　最後は五人しかいなかったし、そのうちの一人はわたしで、一人は女性だったわけでしょ？　クルツ、ムーやん、ゼットン。名前はかろうじて覚えてる。コードネームね。でもその顔は？

怖いね。ぜんぜん思い出せない。

「おまえクルツか？」

恐る恐る聞いてみました。

「このまま突っ込んでください」

わたしの質問なんて無視。

「ムーやんか？」

もたもたしていましたら、搬入口ですから、不審に思ったんでしょうね、警備員が近づいてくるのが見えました。

「ゼットン？」

男は答えるかわりに小声で「出して」と言いました。ふつうは出しませんよね。警備員が来れば助かりますから。でもねえ、モノがモノだけに、つまり『チェーホフ爆弾』ですけど、なんかメンドクサイことになりそうな気がしたんですね。それで急発進させてしまいました。

▒▒　▒▒▒▒▒▒▒▒？

そうなんです。棄てたはずなんです。だから余計に気持ち悪かった。過去から『チェーホフ爆弾』の亡霊がにゅっと現れたような。いやむしろ自分自身の亡霊と出会ったような感じですか。頭の中が混乱しまして、いったいこれはどういう意味かと。冗談でないとすれば嫌味かと。だって爆弾のはずはないですから。

　でもね、そうは言っても物騒は物騒なんで、いったんドームを出まして、すぐ近くに大きな病院があるんですね、国立医療センターです。そのエントランスの車止めに付けました。われながらいい判断だと思いましたね。とっさの行動としてはベストだったんじゃないですか。病院の玄関先で騒ぎを起こすわけにもいかないでしょうからね。

「悪いけどここで降りてもらえませんか」

　ちょっとドスを利かせてそう言ったつもりなんですけど、男は無反応でね。

「料金は結構ですから」

　まあ、情けないですけども、そう言うしかないですよ。目的地以外で降ろすわけですからね。そしたら男がようやく口を開いたんです。

「マチルダさんが死にました」

地獄の底から響くような声でした。

――　――――――――？

あの女性のことですよ。わたし、ホントに苦手だったんです。「詩人としてあなたは！」なんてね、勝手に期待されて勝手に幻滅されても困りますよ。鬱陶しかったんです。彼女も当時は詩を書いていました。「読んでくれ」と言われましたけど、それ自体、暴力行為ですよ。「わたしの詩を読め」なんてね、暴力以外の何物でもないです。わたしはそれを自覚していますけれども。

　そういうわけで、「死んだ」と言われましても「だからどうしたの？」ぐらいの反応しかできなかった。「ざまあみろ」とまでは言いませんが、自業自得だと思いました。だってね、自分は首謀者になる気なんてさらさらないのにリーダー気取りでね、無責任に男どもを煽りまくっていたわけだからね。じっとしていれば可愛らしいのに、だんだん肩肘を張って無理をしているような感じになってしまって。最後は「都庁爆破」でしょう？　女性活動家。女性闘士。そういうのに憧れてしまったんですね。どうでもいいですよ。

　わたしね、後部座席から「チェーホフ集」が差し出された段階では自信がなかったんです。ひょっとしたら「コーアンかも」という気がしてね。男の見た目が役人風というのもあった。でもアホだよね。コーアンが「ドームに突っ込め」なんて言うはずないのに。

やっぱ動揺していたんだと思いますよ。

でもね、マチルダの名前が出たとなればもうあの三人以外に考えられないんで、お客さんというより身内的な感じで対応することになります。帽子を脱いでね。わたしもね、お客さんだと思うからそれなりに遠慮しているわけで、そうじゃなければ黙っていませんよ。

「おめえ、やっぱクルツだろ？」

当てずっぽうでそう言ってみました。クルツがマチルダをオルグした。記憶ではたしかそうだったように思います。なので二人はそこそこ親密な関係だった。付き合っていたのかも知れない。わかりませんけども。

男はここでも表情一つ変えなかったですね。まだ地下活動をやってるんだろうと思った。わたしたちは目つき一つでわかってしまうところがあるんです。どんよりしているのに、醒めている感じね。ヘビというよりサメの目だ。地下活動を長くやってるやつはそんな目をしてますよ。

まあでもね、ここまで来たらそいつが誰かなんてね、そんなことはどうでもよかったんです。とにかくあの三人のなかの一人に違いないわけですから。もう名前を聞く気にもなれなかった。いい加減にしてくれよという感じだ。こうなると久しぶりにトラヴィス・モード突入ですよ。

「ふざけたことやってんじゃねえよ。仕事してんだこっちは。とっとと金払って降りろ」

やっぱお金が大事ですよ。前言撤回ね。トラヴィス的にはそうなります。でも怒鳴ってません。めんどくせえなあという調子で言いました。

「無理ですよ。ぼくだって命懸けなんです」

男の、声の調子が変わりました。

「爆弾か？　それ？」

「すっとぼけるのもいい加減にしてください。あなたが作ったんでしょう？　忘れたとは言わせないですよ。あなた、こないだのニューヨークのテロにも絡んでいるらしいじゃないですか。いろいろ調べていますよ」

やっぱ病院の玄関先に付けて正解だと思いましたね。こいつは即入院させた方がいい。病気だ。とっても残念な病気。でもね、入院にはそれなりの手続きが要りますから。措置入院ともなれば、警察を呼ばないと無理でしょう？

「開いてみなよ」

わたし、言いました。男の顔が一気に曇ったね。わたしはそれをバックミラー越しに見ているわけ。トラヴィスみたいにね。

「いいからそいつを開いてみなよ。爆発するんだろ？」

「だからあなたが発明した……」

「わかってるよ。『チェーホフ爆弾』だろ？」

発明なんてね、そんな大袈裟なもんじゃないですよ。男の子な

ら誰でも作れるでしょう。でもね、あいつらには無理だ。作れない。設計書なんてありま

せんから。そんな足がつくようなものは、わたし、残していません。だからマチルダ経由

で『チェーホフ爆弾』情報が伝わっていたとしても、彼らにとっては想像上の産物でしか

なかったはずなんです。

あるいは、

いやそんなことあり得ませんが、

あの春、北の丸公園のお堀端の散歩道で、

背中を向けて去り行くマチルダに、

『チェーホフ爆弾』を一冊、

わたしは投げつけた、

のでは、

なかったか、

「読め」

と。

すみません、ついつい詩みたいになってしまいました。そんなこと、やっぱりあり得な

いんです。あり得ないから、詩みたいになってしまう。絶対爆発なんかしないですよ。絶

対ね。

「じゃあ貸してみろよ！　おれが開いてやるからよ！」

わたし、とうとう恫喝しました。

あほらしい話ですよ。いざとなったらそいつ、やっぱりビビってるわけです。「ドームに突っ込め」とか言っておきながら、自分で開くこともできないし、わたしが開くのも怖がっているんです。それでわたし、後部座席に手を伸ばしまして、「チェーホフ集」を取り上げました。「背取り」するみたいにね。あっけないもんです。そいつ、逃げましたね。脱兎のごとくね。だからアホな話なんです。もうこの話やめましょうか？

――――？

は？

――――――――？

詩人合格？

今の話で詩人合格ですか？

園部航は思った。ずいぶんいい加減な判定ではないか。しかるに、不合格であるよりは合格の方が善いに決まっている。園部はクリントン女史に合格判定の理由を訊ねてみた。

ここは便宜上クリントン女史の言葉を翻訳しておく。

「カンだ」と。

極めて単純かつ深淵な答えである。なにより「カン」という、日本語のいい加減なニュアンスで言い切るクリントン女史の態度がすがすがしい。「インスピレーション」じゃなくて「カン」。ここは大事だ。

カン。

カン。

それは響く。

ここに批評はない。それがなおいい。ともかく、園部航は二〇〇九年のとある夏の深夜に、自宅マンションの一室にて、エイリアンのカンで、詩人合格を告げられたのであった。

「自分が詩人であるか否か」

それはタクシードライバー園部航にとって、究極の問いに違いなかった。つねにその問いのなかでもがき苦しんできた。「詩人として、あなたは」。すでに発表のあてさえ失われた詩を、それでも日々コツコツと書き続けていたのは、その問いがあったればのことである。

商業雑誌の投稿欄に詩が掲載されたなら詩人合格か？

ノン。そうではない。

では商業雑誌から詩の依頼が来れば詩人合格か？

それも違う。

じゃあ（詩人）という肩書でエッセイだの書評だの映画評だのを書くようになれば詩人合格なのか？　それともシンポジウムや朗読会や学園祭のステージにゲストとして呼ばれるようになれば詩人合格か？

むろん違うだろう。

詩集を出せば詩人合格か？

違う。

その詩集が権威ある文学賞を取ったら？

違う違う。

園部は思う。そんなもの、屁の突っ張りにもならないだろう。結局、詩人判定は自分自身で下すしかないのだ。しかし、いったい誰に、そんなことができるだろう。

園部は、自分が詩人であるかどうか大いに疑わしいと感じている。この疑わしさを晴らすことなどできまい。とすれば、詩人判定保留状態を生き続けるしかないわけだ。なるほど、酒が必要だったのもうなずける。

詩人合格。

園部はその言葉に、この上ない多幸感を味わっていた。詩人合格。詩人合格。何度聞いても気持ちのいい言葉だ。

しかし喜ぶのは早い。

合格によって何が得られるのかが問題なのだ。

クリントン女史にかわってお答えしよう。合格詩人の特典は「安全圏宇宙」への招待状である。すなわち地球爆発からの救済だ。でもちょっと待て。

「安全圏宇宙」とは何か？

園部の地球レベルの想像力では、それは、ほとんど「天国」と同義に思われるのであった。「いや違う」とクリントン女史は言う。「安全圏宇宙」と「天国」はぜんぜん違うのだと。

「天国なんてありません」

「ないの？」

「死者が行くところなんてありません、宇宙的には」

「まあね、そりゃそうなんだろうけどさ。地球的には天国ありますよ。地獄も。その前提でわたしらは生きてますから」

「それは地球の勝手です」

園部はカチンと来たが、エイリアン相手に喧嘩を売っても仕方ない。ここは我慢のしどころだ。人類の文明社会三〇〇〇年余の歴史を、「勝手」の一言で全否定してしまうクリントン女史はどこか間違っている。「鈍い」とさえ思う。だが、それを的確に批評する言葉を、果たして園部は持っているのだろうか？

「だったらね、わたしは行きませんよ、安全圏宇宙には」

「それは実在するのです、あなたのように」

「どう実在するんです？」

「安全圏宇宙は、あなたが想像されているような時空間ではありません。そうですね、例えるならパチンコ店みたいなものだと思ってください」

「パーラーか？」

「パーラー・コスモスです」

「ムリムリ。わたしはパチンコでは負けてばっかりなんだ。組合を抜けてからは見事なカモですよ。安全どころかリスク一〇〇％だ」

「でも永久連ちゃんが約束されているとすれば？」

「それって確変天国モード？」

ここで説明しよう。

「確変」とは「確率変動」のことである。パチンコ機には特定図柄、主に奇数でフィーバーすれば、次の大当たりが約束されるというゲーム仕様があるのだ。とりわけ「確率変動」が延々とループする状態を「天国モード」といい、一般客にとっては一生に一度出会えるかどうかの幸運なのである。

園部航は思った。やはり天国かと。でも天国はつまらない。賭け事はリスクがあるから面白いのであって、リスクがなければただの労働である。勝てば勝ったで生活が狂う。負けるも地獄、勝つも地獄。そのへんの感覚がエイリアンにはまだ判っていないのだろう。

「行かねえよ、やっぱり」

「先生は詩人ですから、必ず行きます、パチンコに」

「そりゃ行くよ、パチは」

「安全圏宇宙もそれと同じです」

「違うだろ？」

「同じです。酒も、煙草も、パチンコも、先生はやめることができない。それは詩人だからです。まだ時間はありますからよくよく考えてください。どうか詩人としての解答に行き着いてください。お願いします」

「わたしが拒否したら？」

「ありえません」

「でも拒否したら？」

「拒否なんてできないのです。宇宙の決まりですので」

招待状どころの話ではない。強制送致に近い。安全圏宇宙に措置入院か。拉致監禁か。死ねってことか？

さあ頑張れ詩人。

感情的になるな。

エイリアンを説き伏せてみろ。


あのね、わたし、追いかけたんです。そりゃ追いかけますよ。金払ってませんから。捕まえて、胸ぐらつかんで、タクシードライバーなめんなよと。そいつ、ぼろぼろ泣いてさ。ここからがね、実は、いい話なんです。いや、ゾっとする話だ。まあ聞いてくださいよ。そいつ、クルツでもムーやんでもゼットンでもなかったんです。なんとマチルダの弟だった。顔を見ても思い出せないはずですよ。

彼女は一人で地下活動を続けていたみたいです。「なんでまた？」って話ですよね。わたしの影響だと、弟さんは言うわけ。冗談じゃないですよ。影響なんてね、そんなこと言ってたらキリがないでしょう？　それに間違っている。彼女の場合は明らかに「地下鉄サリン事件」の影響ですよ。ある意味では毒ガスを吸ってしまったわけです。精神的にね。その後遺症が続いていたということでしょう。

彼女、電話ボックスで焼身自殺だったそうです。

ニューヨークドッカーンの直後に。

あああ。予感的中。

ただねえ、わたしには焼身自殺よりも電話ボックスの方が不思議でね。だって二〇〇一年でしょう？　すでに携帯電話の時代ですよ。電話ボックスなんてまだあったのかと。家族とはずっと音信不通だったみたいですけど、まあ地下活動をしていたというなら当然ですよね。わたしだって未だに実家とは音信不通だ。死んで消息が判るというのはよくある話です。

弟さん、親族代表で死体を確認しに行ったそうです。

「ぐっちゃぐちゃでした」

そう言うんです。

「あんなの、死体なんかじゃないですよ」

肉のかたまり。肉のかけら。焦げていたり、焦げていなかったり。どう見たって焼身自殺じゃないだろうと。爆発してるじゃないかと。実際、電話ボックスごと吹っ飛んだらしいんですよ。ガソリンを被ってから、しばらく躊躇していたんですね。その間に気化した燃料が電話ボックスに充満して、一気に爆発した。警察の説明ではそういうことだったと。

そんなわけねえだろと思いますよね？

弟さん、納得できないけども、取り急ぎ自殺ということで、役所の手続きやら葬儀やらを済ませたそうです。それからお姉さんが一人で暮らしていたマンションの片付けをしに行った。浦安まで。

「ホテルみたいでした」

そう言うんです。自殺したお姉さんの部屋ですよ。もうね、どんな陰惨な空間か、それなりに覚悟はしていたと。でも入ってみたらホテルみたいだった。生活臭がしない。物がないんですね。でもこれ、潜伏生活の基本です。物が多いと身動きが大変ですから。ギリギリまで減らしますね。

それで弟さん、片付けしながらあれこれ調べ始めた。自殺に納得していませんからね。事件の匂いがプンプンする。何者かに殺されたんじゃないのかと。そうしましたら「けろけろけろっぴ」のポシェットから謎のフロッピーがいっぱい出てきたと。パソコンのなかにもわたしに関する情報が残っていたそうです。お姉さんがマチルダと名乗っていたことなんかもそこで知ったんですね。

「証拠物件はあるんですよ」

いやいや物件じゃねえだろ。ただのね、不確かな情報だろうと言いたい。弟さん、わたしがマチルダを殺したと完全に思い込んでいるわけです。でもねえ、やっぱりどこか不自然ですよ。「けろけろけろっぴ」と言えばサンリオじゃないですか。ふつうね、浦安に住んでいたらディズニーでしょう？　わたしは謎のフロッピーなんかよりもそっちの方がよっぽど気になりました。なぜネズミではなくあえてカエルなのか。わたしはそこにマチルダ自爆の謎が隠されているように思うんです。単なる反米主義に回収できないような、何か壮大なメッセージがそこにあるのではないでしょうか。

[redacted]？

ああそれね。

ベランダにプラスチックの収納ケースが積んであったらしいです。部屋のスカスカ感から言えば、たしかにベランダだけが異様ですよね。弟さん開けてみた。収納ケース四つに、おんなじ本がぎっしり。ぜんぶ例の「チェーホフ集」だったそうです。わたしがですね、マチルダに送りつけていたことになっているんですよ。何かの作戦のためにね。でもベランダといえば、せいぜい大麻を栽培するぐらいですよね？　ベランダに爆弾なんてあり得ないですよ。

「怖かったんだと思います。部屋に置くのが」

そりゃそうかも知れないけど、でも雨が降ったらどうするの？

「マチルダさんを責めないでください」

いやちょっと待てよ。そう言いたくなるわけですが、弟さんの話、どんどん膨らんでいきました。

で、「9・11」ですよ。

あの首謀者が実はわたしで、あの飛行機テロに使われたのも『チェーホフ爆弾』だったというストーリーになってるんですね。マチルダが爆死した電話ボックスというのは、わたしとの連絡のために使っていた秘密スポットで、毎月一日の午前一時に電話することになっていた。活動報告をしたり、わたしからの指示を仰ぐために。

ね？　頭、いってるでしょ？

マチルダが爆死したのは十月一日の、午前一時だったそうです。惜しいね。これが一月一日の午前一時ならフィーバーですよ。しかも奇数ですから、確率変動だ。

「マチルダさんが最後に電話をしていたのはあなたですね？」

まあ話の流れではそうなりますか。彼、最後まで「マチルダさん」で通しました。一言「お姉さん」と口にしてくれたら、少しは親身になって話が聞けたのかも知れないね。

「あの電話ボックスに爆弾を仕掛けるよう指示したのもあなたですね？　誰が仕掛けたんですか？　クルツさんですか？」

人の妄想に付き合うのは、メンドクサイですよ。いちいち反論するのがメンドクサかったんで、わたし、言ってやりました。

「おまえは何をやりたいんだ？　復讐か？　おれに復讐したいなら、ケーサツにでも相談しなよ。証拠物件があるんだろ？」

「ケーサツなんて、ダメです。僕がしたいのは、復讐じゃないんだ。復讐なんかじゃ何も終らないですよ。僕がやりたいのは、聖戦だ」

参ったね。

「聖戦なら間に合ってます」と言いたい気分でした。

なるほどね。それでわたしを巻き込んで自爆テロって寸法ですよ。滅茶苦茶な話ですけど、不思議とね、それも悪くないような気がしました。上等じゃねえかと。弟さんの話を聞いているうちに、マチルダに煽られているような気分になったのかも知れないです。それにね、当時のわたしは、どこかに疚しさを感じていたんです。なんとか上手く逃げ切れたような気がしていたんですね。つまり何かと問題のあった不安定な青年期をギリギリセーフで乗り切った感じですか。子供ができて、結婚して、ね？

これでいいのかって。

詩人としてね。

「おまえの聖戦とやらに付き合ってやるよ。車に戻りなよ。おれがあの本を開いてやるからさ。それで終わりにしようや」

だから言うだけ言ってみましたけど、もうね、弟さん、完全に逃げに入っていましたから、わたしだって本気じゃありません。まあどのみち、開いたって爆発なんてするはずないんですけど。

で、弟さん、ようやくお金払ってくれました。おつりを差し出しても、地べたにうずくまったままで、もう動かない。固まってる。人間は固まると石より重いです。どうしようもないです。心配な感じですけど、病院の前ですからね。見捨てるにはベストの場所でしょ？

「じゃあな、聖戦がんばれよ」

わたしはそう言い残して、仕事に戻りました。

これでオシマイ。

ね？

わかったでしょ？

わたしに言わせれば、マチルダや弟さんの方がよっぽど詩人ですよ。なんせね、「聖戦」やってるわけですから。

説明が遅れて申し訳ない。

園部航がいるのは、家族内で「たばこ部屋」と呼んでいる四畳半ほどの空間である。その空間を読みもしない書物で「砦」のごとく埋め尽くし、卓上のPCだけを相棒にして彼は、自意識とも無意識とも見分けのつかぬUMA的「何か」と日々闘っていたわけだ。その「砦」もしかし、本来であれば、娘が小学校に上がるタイミングで明け渡すはずだったのである。そんな約束はなかったことにして図々しく居座り続ける園部。「うちには子供部屋もない」という妻の口癖も、最近では聞かれなくなった。

というわけで、先を急ごう。

園部航が顔を上げるとPCのモニターはすでに真っ黒だった。何度もリターンキーを叩いてみたが、画面が復帰することはなかった。喋りすぎた後の自己嫌悪だけが、どんよりと取り残されている。ヤバイと思った。海外の悪徳有料サイトに長時間アクセスしてしまった感じか。しかも知られたくない最悪の個人情報を、無防備に提供してしまっている。園部は、酔いが一気に冷める思いがしたのだった。このまま気持ちよく眠るわけにはいかないだろう。ここは冷静に対処しなくてはならない。どうすればいいか。

園部は考えた。もうこんな腐ったPCは爆破するしかない。PCなんて自分にはもう必要ないのだ。必要なのはむしろP3Cではないだろうか。対潜哨戒機だ。どうやらこの部屋には潜水艦がうろうろしている。P3Cでそいつを破壊しなければならない。

爆弾が必要だ。

爆弾を作ろう。

園部が燃料を探すためにキッチンにさまよい出てがさごそやっていると、妻が起きてきた。時間はもう明け方に近い。

「何やってんの？」

「は？」

「お酒なんて隠してないよ。隠したって、全部、飲んでしまうじゃない？」

「酒じゃねえよ」

「何を探してるの？」

「あのな、こんど、エイリアンが拉致しに来るから。オレ、嫌だから、パソコンを爆破しないと……」

「爆破はいいけどもう朝の五時よ」

「詩人調査にひっかかってしまったんだ。オレ、詩人合格だってさ。どうしよう？」

「よかったじゃない」

「ねえ、スナフキンは、たしかギター持ってたよね？」

「誰よ、それ？」

「おまえスナフキンも知らないのか？」

「知るわけないでしょ。詩人？」

「……ふつう知ってるだろ、人間なら。おまえもエイリアンだったか」

「そうよ。みんなそう。あなたのせいでね」

「オレのせい？」

「たぶんね」

「だったらさ、やっぱり安全圏宇宙に行く資格なんてないと思うんだ。なんとか見逃してくれないかな？」

「あなたは行くべきだし、ぜったいに行ってもらうわ。なんとしてもね。あなたには入院治療が必要だってことよ」

「それは違う。ニンゲンにはもう治療や救済なんて必要ないんだ。それに地球が爆発するのは詩人が悪いからじゃない。ぜんぶを詩のせいにしてはいけないんだ」

「たのむから、もう寝てくれない？」

この女は何が言いたいのか。死ねということか。園部は、すでに自分が包囲されていることに気付いた。いや、ずっと包囲され続けてきたのだ。マチルダに、妻に、クリントン女史に。つまり女どもに。

そこで園部航はハッと思い出した。爆弾ならあるはずだ。なにも作る必要なんてない。本棚に突き刺さっているだろう。「チェーホフ集」が。あの時マチルダの弟がタクシーの後部座席に置き去りにしたやつだ。あれが刺さっているはず。そいつを探して、今度こそ開いてやればいい。たとえ「ニセモノ」であってもオレが爆発させてやる。マチルダにできて、オレにできないはずがない！

「もうおまえらの絶望なんかに付き合ってられるか！」

妻にそう吐き捨てると、園部はまたしても「たばこ部屋」に逃げ戻った。彼は思った。

でも「おまえら」って誰だろう。女どもか。詩人たちか。テロリストたちか。エイリアンたちか。もうわからない。わからなくたっていいんだ。『チェーホフ爆弾』。渾身の第一詩集。オレには、それがある。

ところが……。

みなさん、どうでしょうか？

あるはずの本が、ない。そんな体験、ありませんか？

いくら探しても、本棚にあるはずの本が、みつからない。失われている。棄てた記憶はないし、古本屋に売ったとも考えられない。園部航は凶暴に苛立った。爆発寸前だ。この部屋に絶対あるはずだ！

あるはずなのに、どうしてみつからないんだ!!

ガあああ!!

ん？

振り向くと妻がいた。

妻の口が開いた。

「？」

何を言っているのか、園部にはさっぱりわからない。それはもう人間の言葉ではなかった。

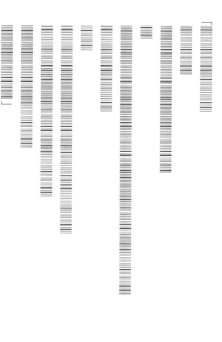

「」

音楽のようだと園部は思った。あるいは、詩かもしれない。

説明しよう。

宇宙言語変換システムはＰＣが介在すればこそ可能なのであって、残念ながら家庭内の日常会話レベルでは機能しないのである。よって園部はもはや彼女の言葉を理解することができない。ただ聞こえるというだけの状態だ。彼は思う。「これはいったい誰の声なのか？」と。妻の声ではない。クリントン女史の声でもなさそうだ。

誰だ？
マチルダか？
そうだ。この声はマチルダに違いない。園部航はそう確信した。人間の「カン」によって？ その通り。この声は例の爆発電話ボックスから転送されてきたのだ。宇宙は悠長なのである。およそ八年というタイムラグが、宇宙時間にとっては一瞬に過ぎないことも容易に想像できた。
おお恐《こわ》。
おお恐《こわ》。
すっかり怖じ気づいた園部は、妻の姿をしたマチルダに体を支えられるように拉致連行され、リビングのソファーに座った。深刻な顔をしてこんこんと訴え続けるマチルダ。おそらく、彼女自身の死の真実が語られているのであろうが、それもまた理解不能な詩のごとき音韻の連鎖にしか聞こえないわけだし、たいした興味もない。どうせもうすぐ地球ごと吹っ飛ぶのだ。
「▤▤▤
▤▤▤▤▤▤▤▤▤▤▤▤▤▤▤▤▤▤
▤▤▤▤
▤▤▤▤▤▤？」

マチルダは宇宙言語で喋り続けている。すでに恐怖はない。いや、園部は恐怖を懐かしさでもって打ち消そうとしていたのだ。確かに、懐かしい声だった。その声に誘われるように、彼は記憶の中にあるマチルダの言葉をたぐり寄せてみる。

「何もすることがなくなったら、何をすればいいんですか？」

そうだ、かつて園部は、マチルダからそう問われたのだった。あれはたしかタクシードライバーになった直後ぐらいか。

「もうパチンコぐらいしかねえよ」

よっぽどそう言ってやりたかったが、それは汚らしくて鬱陶しいＯＢがイケテナイ男子学生に吐き捨てるように言う言葉だ。さすがにマチルダには言えまい。だいたい園部は親を騙し、適当な理由をつけて授業料を自身の口座に振り込ませ、それをパチンコに注ぎ込んでいたのだった。それが中退に至った経緯であるが、あまりにもみっともないので、自分がとっくに大学を中退していたことを「ブンパ」の連中にはひた隠しにしていたのである。

「あなたがタクシードライバーになったという噂を聞いて、わたしがどれほど驚き、落胆したか、想像できますか？」

これは母親の声か。大きなお世話だ。いや違う。これも記憶の中にあるマチルダの声だ。マチルダからそう言われたのだった。そうだ、思い出した。二人で早稲田通りの古本屋を片っ端からハシゴしていた日のことだ。なぜ二人だったんだろうと園部は思う。マチルダに呼び出されたのかも知れない。そう、雨が降っていた。雨の音が傘越しに聞こえた。あの日、園部はマチルダに言ったのだった。

「何もすることがなくなったら、きみの電話ボックスを探しに行けばいい。この世界には、きみだけの電話ボックスが存在するんだ。すぐ近くにあるかも知れないし、すごく遠い国にあるのかも知れない。とにかく、旅に出ることだ。その電話ボックスからは、きみが望みさえすれば、誰にだって電話することができる。今すぐ会いたい人や、声を聞きたい人にね。電話番号なんて知らなくていいんだ。懐かしい人だけじゃなくて、死んだ人にだってかけられる。きみが強く望みさえすれば。でもね、むかしの自分にだけはかけられない。そういう仕組みになっているんだよ。それから有名人もお勧めできないね。有名人は忙しいからね。神様なんて、がっかりするからやめておいた方がいい。最悪だよ」

「それってドラえもんのパクリ？」

そうだ。マチルダはそう言ったのだ。園部の、詩人としての精一杯のアドバイスにベタな突っ込みを入れてきたのだった。そしてこう言い放った。

「タクシードライバーになったって本当なの？　それはどういうこと？　それも地下活動の一環なの？　みんな思いっきりバカにしてるわよ」

「だろうな。勝手にバカにすればいいさ」

いや、違う。

もっと別の言葉を、彼女に投げ返したように思う。あの時、自分はひどく侮辱的な言葉を、マチルダに言ってしまったのではないだろうか。彼女を激しく傷つけるような、あり得たかも知れないロマンスを台無しにするような。

園部にはそう思われるのだが、もう限界だ。眠りかけた彼に代わって、事の真相をユーチューブ風に紹介しておこう。

一九九五年七月。雨の早稲田通り。古書店「文献堂」から出てきたマチルダ、傘をさして先を急ぐ。その後から園部航、傘を持たずに、小走りでマチルダを追いかける。苛立った表情だ。マチルダに追いつき、背中越しに呼びかける蒼白園部。

「おい、みんなって誰のことだよ?」

振り向いたマチルダの眼差しは、あいかわらず好戦的だ。

「適当に誤摩化してんじゃねえよ。馬鹿にしてんのはおまえじゃねえか。そうやって何でもかんでも軽蔑してればいい。最低だ!」

「最低なのはあなたよ」

吐き捨てるマチルダ。

「ブンパを見捨てたいならさっさと消えなさいよ。なにもそんな姑息な手を使うことなんてないわ。タクシードライバーにでもなってみせればみんなが諦めてくれると思ったんじゃないの？」

園部の眼球に怒りが込み上げてくる。

「どういう意味だよ？」

雨がザーザー。園部の前髪べっとり。挑発的に傘をくるくる回すマチルダ。

「オレがいつブンパを見捨てるなんて言った？　勝手に勘違いしてるんじゃねえよ。それになあ、オレは言い訳を作るために二種免許を取ったんじゃねえぞ。そのうち乗客を人質にしてよお、都庁にでも突っ込んでみせるから、まあ楽しみにしとけ。そん時はよお、おまえが犯行声明を書くんだよ。書けるか？　おまえに！」

ひどく侮辱された、というマチルダの顔。

傘で涙目を隠す。

「書けるわよ、そんなもの。でもね、でも私たちは、ほんとは詩だけ書いていればいいんじゃないの？　そうでしょ？」

「はあ？」という表情をする前髪べっとりのカッパ園部。

「アホか？」という表情をするカエル園部。

表情を失っていくニョロニョロ園部。

ＵＭＡ園部。

叫びながらソファーで眠る園部。

……もういい。もういいからやめてくれ。ニンゲンは、ニンゲンをバカにするのが好きだな。バカにするのは簡単だからな。ちくしょう、せっかく忘れていたというのに、なぜ今になってこんな恥辱の記憶が回帰してくるのか。ああリビング、リビングよ！

オレのリビング！

ついにこの空間も聖域とはなれなかったか！

まあいいさ。

オレは詩人合格だ。

ざまあみろだ。

大嫌いだったみなさん、さようなら。

「

……」

泥酔して、すでにソファー上で昏睡状態にある園部航に、妻でありマチルダでありエイリアンであるかも知れない「女」が語り続けている。それが宇宙公務員の使命であるかのように。

念のために翻訳しておこう。

「それからの私は、古本屋に足を踏み入れるたびに、一冊の本を探し求めるようになりました。筑摩書房版世界文学全集第四〇巻チェーホフ集。いいえ、探し求めるも何も、その本がどうしても目に入ってしまうんです。一度目に入ってしまうと、もう買わずにはいられなかった。理由はどうか問わないでください。反射的に、衝動的に。それでいいのです。古本屋はいつもすえた匂いがして、私にとっては森のようでした。東京に点在する小さな森です。その森を一人でさまよっていると、必ずと言っていいほど、古い沼に行き着いてしまう。それがチェーホフ集でした。労働と愛。あなたはそう言いましたね？　それが『チェーホフ爆弾』に込められた祈りであり憎しみなのだと。私は、労働と愛に、どうしてもたどり着くことができませんでした。労働は労働に過ぎません。そして愛は、いつだって信じられるものの最下位に置くしかなかったのです。

私はこの耐え難い生の時間を古本屋で潰していました。一人で。だけど、本当にそうだったのでしょうか？　私は、いつだって、もう一人いるような気がしてならなかったのです。私は一人だった。でも一人じゃなかった。私が幽霊のようにすうっと古本屋に入っていく時、その後ろから、誰かがそっとついてきていたのではなかったのでしょうか？

その誰かとは、あなたに他なりません」

ヒラリー報告

地球暦二〇世紀後半に詩人なる存在が死滅したという宇宙定説は、おおむね地球人自ら納得していることでもあり、史実として登録してよい。残存する例外を抽出するという今回の調査は、いわば絶滅種の発見をでっちあげるようなもので、オカルト趣味以外の何物でもなかろう。このような業務を命じられたこと自体、わたくしは不可解であったことを申し添えておく。

しかしながら、むろん、業務は誠実に遂行されねばならない。地球言語学的に考察すれば、現在、この惑星に詩人が残存し得る地域は一つしかないと思われる。極東アジアに位置する日本という孤島である。この孤島の言語は独特な進化を経ており、表音文字、表意文字のほかに外来語、俗語、造語、オノマトペの類いが多数混在し、ハイブリッド化しているようである。ここまで無整理に複雑化した言語体系は、宇宙言語の対極にあると言ってよく、研究資料としては貴重であるだろう。よって、とりあえず、日本人の一人を詩人サンプルとして推薦することが最良であろうと考えた。

園部航は現在失職中で、強度のアルコール依存状態である。家族からも疎まれていることの人物が、地球上から消えることに不都合を唱える者は誰一人いないであろう。無名の存在ではあるが、予言者、ギャンブラー、テロ組織の首謀者といった詩人条件をおおむね満たしているようである。ただし、残念なことに、未だ詩人覚醒までには至っていない。覚醒にはいくつかの失われた記憶を取り戻す必要がある。参考までに、園部が失った記憶の一部を音声資料として添付しておく。


「パパ」

「ん？」

「起きて」

「うん」

「もうお昼だよ」

「ママは？」

「とっくに仕事に行っちゃったよ」

「おまえ学校は？」

「だって今日から夏休みだよ」

「夏休み？」

「そうだよ。知らなかったの？」

「メンドクセエなあ」

「夏休みだよ」

「夏休みか」

「そう、夏休み」

「いいなあ、おまえは」

「どっか連れてってよ」

「は？」

「どっか連れてってよ」

「は？」

「どっか行こうよ」

「金がねえよ」

「海は？」

「海？」

「海ならただでしょ？」

「だっておまえ泳げねえだろ？」

「見るだけでいい」

「見るだけ？」

「うん」

「じゃあ海でも見に行くか」

園部航。

三九歳。元タクシードライバー。

既刊詩集一冊。未刊詩集二冊。爆弾テロ未遂一件。自爆テロ未遂二件。殺人容疑一件。詐欺容疑二件。

この者を詩人サンプルとして推薦する。

ただし詩人覚醒させるべきか否かの判断は宇宙政府に委ねたい。詩人合否の最終判定はそれまで保留。

初出一覧

あるゴダール伝　『すばる』二〇〇八年四月号

詩人調査　『新潮』二〇一〇年三月号

カバー写真｜小山泰介
Untitled (Frequently), 2007

松本圭二セレクション7

詩人調査

著　　者	松本圭二
発 行 者	大村　智
発 行 所	株式会社 航思社 〒113-0033 東京都文京区本郷1-25-28-201 TEL. 03 (6801) 6383 ／ FAX. 03 (3818) 1905 http://www.koshisha.co.jp 振替口座　00100-9-504724
装　　丁	前田晃伸
印刷・製本	倉敷印刷株式会社

2017年12月28日　初版第1刷発行

ISBN978-4-906738-31-1　C0393

松本圭二セレクション

朔 太 郎 賞 詩 人 の 全 貌

※隔月配本予定

第1巻（詩1）ロング・リリイフ
第2巻（詩2）詩集工都
第3巻（詩3）詩篇アマータイム
第4巻（詩4）青猫以後（アストロノート1）
第5巻（詩5）アストロノート（アストロノート2）
第6巻（詩6）電波詩集（アストロノート3）
第7巻（小説1）詩人調査
第8巻（小説2）さらばボヘミヤン
第9巻（批評・エッセイ）チビクロ（仮）